Rizzoli | ARGENTO**VIVO**

PIERGIORGIO PULIXI

IL MISTERO DEI BAMBINI D'OMBRA

Rizzoli

Pubblicato per

Rizzoli

da Mondadori Libri S.p.A.
Proprietà letteraria riservata
© 2022 Mondadori Libri S.p.A., Milano

Pubblicato in accordo con United Stories Agency - Roma

ISBN 978-88-17-16084-1

Prima edizione **ARGENTOVIVO**: febbraio 2022
Terza edizione **ARGENTOVIVO**: settembre 2022

Realizzazione editoriale: Librofficina
Mappa: Fabio Magliocca / Librofficina

Per la piccola Nerea Marie

1

In città girava una leggenda. La usavano le mamme per spaventare i bambini e farli rientrare a casa in tempo, la sera. Alcuni la chiamavano *L'estate dei bambini scomparsi* o *Il mistero di Stonebridge*; ma Victoria, la madre di Jake Mitchell, l'aveva sempre chiamata: *La leggenda dei bambini d'ombra*. Nessuno era mai riuscito a scoprire cosa fosse accaduto davvero, ma – da ciò che raccontavano i genitori e i ragazzi più grandi che Jake conosceva – pareva che una notte, oltre trent'anni prima, tutti i bambini della città di Stonebridge fossero spariti nel nulla. Di punto in bianco. Tutti quelli sotto i tredici anni, nessuno escluso.

Li avevano cercati in massa; oltre agli uomini dello sceriffo erano arrivati gli agenti della polizia dello Stato, e perfino i detective dell'FBI, ma di quei bambini e di quei ragazzini non erano rimaste che camere vuote, zaini e giocattoli abbandonati, letti sfatti, e una profonda, triste mancanza. Da un giorno all'altro, le aule delle scuole elementari e medie si erano svuotate. Sulle palestre e nei campi da gioco era calato un silenzio assordante. I maestri e gli insegnanti della Saint Mary School si erano uniti alla ricerca dei "bambini scomparsi di Stonebridge", come li chiamavano i giornali e le tv, aiutando i genitori disperati e le forze dell'ordine, ma senza alcun risultato. I cani poliziotto avevano setacciato per settimane – che alla fine erano diventate mesi – i boschi intorno alla città, fino a Wichita Falls e alle montagne circostanti. I sub avevano perlustrato il Wichita River e quello ancora più grande, che attraversava Riverside, ma senza trovare niente, a parte rifiuti, vecchie biciclette arrugginite, e qualche antico talismano indiano. Il sindaco di Stonebridge aveva lanciato più volte appelli in televisione. Tutte le città della zona, da Wichita Falls a Riverside, erano state tappezzate di manifesti con le facce e i nomi dei ragazzini spariti, ma inutilmente. Come potevano essersi dissolti nel nulla, in un'unica notte, duecento bambini? Era impossibile. Nessuno riusciva a darsi una risposta o a trovare una spiegazione, ma dopo tanti mesi tutti si erano arresi all'idea che i bambini di Stonebridge non sarebbero tornati mai più, e avevano fatto ciò che gli esseri umani sono soliti fare quando non capiscono una cosa, e, stanchi di cercare una soluzione, si arrendono: avevano fatto finta di niente e ripreso a vivere come se quella tragedia non fosse mai accaduta.

2

Il giorno del suo dodicesimo compleanno, Jake aveva detto a sua madre che non credeva a quella storia, che era soltanto un modo per spaventarlo perché non le piaceva che se ne andasse in giro per le strade del quartiere in bicicletta. Era solo una leggenda che genitori e poliziotti si erano inventati per mettere paura ai ragazzi.

«Dài, mamma, è impossibile che centinaia di ragazzini spariscano tutti insieme» le aveva detto.

E di colpo le si erano riempiti gli occhi di lacrime. Jake si era sentito in colpa, come se l'avesse offesa. Stava per scusarsi, ma sua madre l'aveva preso per mano e l'aveva portato in una stanza dove non era mai entrato prima, perché era sempre chiusa, e solo lei aveva la chiave. Jake era rimasto a bocca aperta: la stanza proibita era la camera di un ragazzo. C'erano berretti da baseball ovunque e poster di lottatori di wrestling appesi alle pareti. Tutto era in perfetto ordine: il letto ben fatto, la scrivania pulita, lo zaino di scuola pieno di libri. Era molto simile alla stanza di Jake; l'unica differenza era che lì non ci viveva nessuno da molto tempo.

"Sembra la stanza di un fantasma" aveva pensato Jake.

«Scusa, mamma, di chi è tutta questa roba?» aveva chiesto poi.

Sua madre si era limitata a prendere una fotografia da un cassetto, e si era seduta sul letto, facendogli cenno di mettersi accanto a lei.

Jake si era trovato davanti l'immagine di un bambino sui dieci anni che gli somigliava tantissimo, nonostante i vestiti antiquati e un taglio di capelli ridicolo.

«Chi è?» aveva chiesto con un filo di voce, colpito.

«Lui è tuo zio Ben.»

Jake aveva pensato che lo stesse prendendo in giro: non aveva mai sentito parlare di uno zio di nome Ben. Ma dentro di sé sapeva che sua madre era troppo seria e triste perché quello fosse uno scherzo.

«Mio zio?!»

«Sì. Era uno dei bambini di Stonebridge. Uno dei *bambini d'ombra*.»

Jake era rimasto senza fiato. Allora non era una leggenda…

«Sai che questa prima era la casa dei nonni, no? Io sono cresciuta qui. E questa era la camera di Ben, mio fratello.»

«Non mi hai mai detto niente.»

«Lo so, Jake. Eri troppo piccolo, non volevo spaventarti. E poi…»

«Che cosa?»

«Sono cose difficili da dire, dolorose.»

«Quanti anni aveva quando è scomparso?»

«Dieci, quasi undici a dire la verità. Era più grande di me di quattro anni.»

«Come?! Quindi anche tu.»

Victoria, la madre di Jake, aveva scosso la testa. «No, io no. Quella notte non ero qui. Ero al "Wichita Summer Camp". È un campo estivo per bambini delle elementari. Ti ricordi? Ci sei stato anche tu, qualche anno fa.»

Certo che se lo ricordava: due settimane insieme ad altri venti bambini nelle Wichita Mountains, a mangiare cibo in scatola, a giocare e fare escursioni tutto il giorno. Ricordava anche la notte in cui erano dovuti scappare perché due orsi erano riusciti a entrare nel campo.

«Quindi quando lui e gli altri bambini sono scomparsi...» iniziò Jake.

«Io ero in montagna. È per questo che non sono stata... presa. Chi era in città, invece...»

Jake era rimasto senza parole. Era stranissimo pensare a uno zio che in quella foto aveva due anni meno di lui.

«Hai visto quanto vi somigliate?» gli aveva chiesto Victoria con un sorriso, carezzandogli la nuca.

Era vero: lui e Ben erano due gocce d'acqua, a parte il taglio di capelli diverso e la particolarità degli occhi di Jake: uno era blu zaffiro, l'altro viola, un po' come gli occhi di certi husky. Il doppio colore rendeva strano il suo sguardo, come se fossero in due, dentro di lui.

«Scusa se non te l'ho detto, volevo aspettare che fossi abbastanza grande. Non è una bella storia, questa.»

«Posso tenere la foto?» aveva chiesto Jake.

«Certo.»

«Mamma, dove pensi che sia lo zio, adesso?»

«Non lo so, tesoro. Proprio non lo so... Non è mai tornato nessuno.»

«Perché li chiamano *bambini d'ombra*?»

13

«Perché alcuni vecchi del paese dicono che li sentono giocare vicino al bosco. Altri giurano di cogliere i loro schiamazzi sul fiume, la notte, come se stessero facendo il bagno. Negli anni molti hanno udito voci e risate.»

«Li hanno visti in faccia?»

Victoria aveva scosso la testa. «No. Pare che si riescano a intravederne solo le ombre, ma non i corpi né i volti. Mai... Però forse è solo una leggenda, Jake. Una storiella che i vecchi raccontano per attirare un po' l'attenzione su di sé.»

«Tu li hai mai visti o sentiti?»

«No. Ma a volte, in macchina, quando passo vicino ai boschi che portano a Wichita Falls, ho come l'impressione di essere osservata. Sai com'è, no?»

«Certo... A me succede quando passo davanti all'ufficio del preside.»

Victoria era scoppiata a ridere.

«Mamma?»

«Dimmi.»

«Perché hai lasciato questa stanza così?»

La donna si era guardata intorno, spaesata, come se non sapesse cosa rispondere. Alla fine aveva detto: «Perché non ho mai smesso di sperare che un giorno Ben potesse tornare insieme agli altri bambini. Ti sembra una pazzia?».

No, non lo era affatto. Jake capiva benissimo.

«Andiamo, tesoro. È ora di cena, torniamo di là.»

«Posso tenerla?»

E indicò una Ernie Ball, una palla da baseball bianca dalle cuciture rosse. Era stato un modello leggendario, creato in onore dell'eroe locale, il lanciatore dei Wichita

Giants Ernie McGuinness che aveva portato la squadra a vincere il titolo nella Major League. Ne esistevano pochissimi esemplari. Victoria ricordava che suo fratello teneva sempre in mano quella palla, non se ne separava mai.

«Certo che puoi. A tuo zio avrebbe fatto piacere.»

A Jake brillavano gli occhi, quando aveva preso in mano la palla. Si era sentito avvolgere da un'ondata di calore e il suo cuore aveva cominciato a battere più forte.

Quella notte Jake Mitchell era andato a letto stringendo la Ernie Ball, e continuò a farlo nei giorni seguenti, come se la palla fosse un amuleto, o un mezzo per entrare in contatto con lo zio scomparso. E forse era proprio così, perché appena Jake si addormentava, la palla si illuminava di una luce blu fosforescente e la stanza si riempiva di ombre di bambini.

Non volevano fargli del male.

Tutt'altro.

Erano lì per difenderlo.

15

3

Jake Mitchell andava a scuola da solo da quando aveva nove anni. Montava in sella alla sua Remex Monster tutta acciaio, con le camere d'aria e i cerchioni rossi, che i genitori gli avevano regalato alla fine delle elementari, lasciava il numero 14 di Virginia Street e schizzava lungo la strada alberata sui due lati del marciapiede, fino a raggiungere la casa di Mike Coben, suo compagno di banco e migliore amico, con cui poi proseguiva fino alla Saint Mary Middle School. Entrambi avevano il permesso di girare per tutta Stonebridge, ma era severamente proibito a tutti e due di spingersi oltre la città, verso Wichita Falls e ancora peggio verso Riverside, città più grandi e pericolose, dove a differenza di Stonebridge le strade erano piene di traffico.

Quella mattina Jake era felice. Mancavano solo due giorni alla fine della scuola, dopodiché lo aspettavano tre mesi di vacanza. Non vedeva l'ora. Finalmente avrebbe potuto giocare tutto il giorno con Mike senza limitazioni di orario.

Stranamente, però, quel mattino Mike non era già fuori ad aspettarlo in sella alla sua Remex dalle ruote gialle, come accadeva ogni giorno.

Jake guardò l'ora. Erano le otto e venti.

"Strano" pensò. "Di solito Mike è così puntuale, ha sempre paura di fare tardi."

Jake suonò il campanello della bici, e aspettò per qualche minuto, ma non si affacciò nessuno. Era davvero strano. C'era un'atmosfera insolita, come se la casa fosse deserta.

«Mike!» gridò Jake in direzione della camera dell'amico, al primo piano. «Muoviti, siamo già in ritardo!»

Niente.

«Mike! Non voglio finire in punizione proprio gli ultimi giorni di scuola, dài!» urlò ancora. «Se ci prendiamo una nota, possiamo dire addio alle bici!»

Nulla.

"Ma porca miseria…" pensò Jake, lasciando cadere la bicicletta sull'erba. Raccolse un sassolino e lo lanciò contro il vetro della finestra di Mike, stando attento a non metterci troppa forza.

Lo centrò. Aveva un'ottima mira, e l'insegnante di educazione fisica gli aveva detto che da grande sarebbe diventato un eccellente lanciatore di baseball, forse un professionista se si fosse impegnato molto.

«Mike! Svegliati!»

Jake fu tentato di suonare il campanello di casa, ma aveva paura di disturbare; così riprese la bici e si avviò verso scuola, dicendosi che probabilmente Mike non l'aveva aspettato ed era già in aula, a scherzare con gli altri.

Davanti alla casa dell'amico, la Ernie Ball che Jake aveva nello zaino – ben nascosta sul fondo perché il regolamento proibiva di portare giochi a scuola – aveva preso a pulsare di un'intensa luce blu elettrico, come se gli stesse dicendo qualcosa, ma lui non se n'era accorto.

4

Alla Saint Mary Middle School, Jake frenò di colpo e sbatté le palpebre, perplesso. Davanti alla scuola c'erano quattro macchine del dipartimento dello sceriffo, con i lampeggianti accesi.

"Cosa ci fa la polizia a scuola?" si chiese.

Parcheggiò la Monster e la incatenò alla rastrelliera, ed era appena entrato nello stabile in mattoni rossi, quando la professoressa Parker – la sua insegnante di matematica – gli andò incontro, invitandolo ad avvicinarsi. Insieme a lei c'era lo sceriffo Bud Malone, in uniforme, la grossa pistola che ballava nella fondina appesa al cinturone. Bud, nativo americano, era sulla sessantina ed era l'uomo più alto e imponente di tutta Stonebridge. Il suo aspetto incuteva timore e rispetto ma, al di là del fisico massiccio, era una persona gentile e sempre disponibile.

Jake rimase impietrito dalla paura, benché non avesse fatto nulla di male.

«Ciao, Jake» lo salutò lo sceriffo. «Come stai?»

«Bene, signore, grazie.»

«Jake, abbiamo bisogno di parlarti. Vieni» disse la Parker.

Tutti gli altri studenti si fermarono a guardarlo. Jake sostenne lo sguardo, e seguì i due nell'ufficio del preside.

«Jake, quand'è l'ultima volta che hai visto Mike?» gli chiese la professoressa appena ebbe chiuso la porta e l'ebbe fatto sedere.

«Dov'è Mike? Sta bene?» chiese lui, già preoccupato.

I due adulti si scambiarono uno sguardo che a Jake non piacque per niente.

«Rispondi alla domanda, ragazzo» lo incalzò lo sceriffo.

«Ieri sera, prima di cena. Siamo andati a giocare a basket al parco.»

«Quale parco?»

«Lo Stonebridge City Park, è vicino a casa di Mike.»

«Eravate solo voi due?»

«Sì.»

«E poi?»

«L'ho riaccompagnato, e me ne sono tornato a casa.»

«E non l'hai più visto né sentito?» chiese la professoressa.

«No.»

«E hai visto qualcun altro? Qualche adulto, magari? Qualcuno di strano, di minaccioso?»

Jake scosse la testa. «Nossignore.»

«Ne sei sicuro?»

Jake annuì. «Cosa sta succedendo, sceriffo? Dov'è Mike?»

Bud Malone non gli rispose. Si piegò sulle ginocchia per mettersi alla sua altezza e gli disse: «Senti, Jake, ora ti faremo vedere una cosa e tu mi devi dire in tutta sincerità se hai idea di che cosa si tratti, va bene?». Il

19

tono era calmo, ma serio. «Devi essere sincero, è molto importante, e se sai qualcosa, be', figliolo, è proprio il caso di dircelo, va bene?»

Jake annuì. La professoressa Parker gli posò una mano sulla spalla e lo guidò fuori dall'ufficio, nel corridoio. Gli alunni erano ancora fuori dalle aule, tenuti d'occhio dai professori. Non volava una mosca. Tutti fissavano Jake come se avesse fatto qualcosa di brutto. Era una sensazione spiacevole avere tutti quegli occhi puntati addosso.

Lo sceriffo lo fece entrare in aula, e gli indicò il suo banco. Anche da lontano Jake vide che qualcuno ci aveva scritto qualcosa con un pennarello rosso. Gli venne la pelle d'oca.

«Avvicinati e guarda tu stesso.»

Jake obbedì e sgranò gli occhi quando lesse sul banco: "*Jake, vieni a prendermi! Ho paura! Non lasciarmi solo! AIUTO!*".

Jake Mitchell sentì un brivido gelido corrergli lungo la schiena.

«Jake, quella è la scrittura di Mike?» domandò lo sceriffo.

Jake annuì, impressionato. Era proprio la grafia del suo migliore amico, quella.

«Dov'è Mike?» chiese.

«Questa notte Mike è scomparso» rispose lo sceriffo. «Non abbiamo idea di dove sia.»

A Jake tornò subito in mente la leggenda dei bambini d'ombra.

Solo che stavolta non era una storiella per spaventare i bambini.

5

Courtney Kent osservò Jake attraversare il corridoio accompagnato dallo sceriffo e dalla professoressa Parker. Quel ragazzo dai capelli biondi, che gli ricadevano sempre sulla fronte, davanti agli occhi, uno diverso dall'altro, le era molto simpatico. Jake era un tipo taciturno e solitario, stava quasi sempre in disparte, con Mike Coben, magro come un chiodo, con un paio di grossi occhiali ridicoli, e i capelli rossi sempre spettinati che gli davano un'aria da scienziato pazzo e un po' imbranato. Parlavano sempre di baseball, quei due, e di libri horror che conoscevano soltanto loro, e in mensa pranzavano sempre allo stesso tavolo. Courtney andava spesso alla libreria del padre di Jake, la Mitchell Bookstore, un po' perché le piacevano i libri, ma soprattutto nella speranza di incontrare Jake, che a volte andava in libreria per aiutare il padre a riordinare i volumi e a spolverare gli scaffali.

Alcuni dei loro compagni di classe stavano già mormorando che il biondino c'entrava sicuramente con la sparizione di Mike, che magari avevano litigato e Jake gli aveva fatto del male.

«Deficienti» disse Courtney e si avvicinò all'amico.

«Jake?»

«Ciao, Courtney.»

«Tutto bene?»

«Io non lo so...»

«Sono sicura che Mike sta bene.»

«Ora dobbiamo andare» intervenne lo sceriffo.

Courtney osservò la professoressa aprire la portiera del grosso fuoristrada dello sceriffo per far salire Jake, neanche fosse un criminale. Poi la Jeep si allontanò a sirene spiegate e con i lampeggianti accesi.

«Il tuo bello se ne va dritto in prigione, Courtney!» disse qualcuno alle sue spalle.

Courtney si voltò di scatto e fulminò con lo sguardo quegli idioti dei suoi compagni.

«Forza, ragazzi, tutti in classe!» disse un professore.

Courtney andò al suo posto e ripensò al sogno di quella notte. Aveva sognato proprio Mike: nel sogno sembrava un sonnambulo. Camminava nel bosco di Wichita Falls, a occhi chiusi, come se fosse ipnotizzato. Poi, d'un tratto, alla fine di un sentiero che passava fra vecchie querce secolari, Mike si era fermato davanti a una spaccatura nel terreno da cui si intravedeva un'antica scala in pietra dai gradini molto grandi, rosi dall'umidità, coperti di muffa e piante rampicanti. Uno strano fumo usciva da quella buca, e puzzava di zolfo e terra bagnata. Dal sottosuolo giungeva un richiamo: "*Vieni, Mike, non avere paura*" diceva. Lui si avvicinava alle scale e scendeva, sparendo alla vista di Courtney, che nel sogno aveva provato a chiamarlo, cercando di svegliarlo. Ma lui non pareva sentirla, e non si fermava,

22

e all'improvviso si chiudeva, come se la terra fosse viva. Lì, l'incubo era finito, e Courtney si era svegliata di colpo con una forte voglia di piangere. Aveva cercato di tranquillizzarsi, ripetendosi che era stato solo un brutto sogno.

Poi, però, aveva scoperto che Mike Coben era scomparso.

6

Stonebridge prendeva il nome da un vecchio ponte di pietra che collegava il paese a Wichita Falls, e proseguiva poi verso Riverside, vicino al grande fiume Wichita River che attraversava tutto lo Stato di Birmingham, il cinquantunesimo Stato americano. Wichita Falls era famosa per le sue cascate: venivano turisti da tutti gli Stati Uniti appositamente per vederle.

Per un ragazzino di dodici anni vivere lì era un sogno: erano zone piene di boschi, di fiumi, di paludi, di sentieri che si inerpicavano lungo le montagne, c'erano le Wichita Mountains, un tempo territorio dei nativi. A Stonebridge tutti i bambini giravano in bici o in skateboard: era un posto tranquillo, con un solo centro commerciale, lo Stonebridge Mall, due cinema, tanti campi da pallacanestro e da baseball, e lo stadio dove giocava la squadra di football della Saint Mary High School, la scuola superiore dove Jake, Mike e Courtney sarebbero andati a studiare dopo le medie. Per non parlare dello Stonebridge City Park, dove Jake e Mike andavano a giocare a baseball, o del vecchio parco giochi abbandonato, il Wichita Game Park, che la notte però assumeva un aspetto inquietante con tutti quei giochi malridotti. Non mancavano nemmeno i luoghi bui e spettrali, come la vecchia linea ferroviaria abbandonata o il grande cimitero di macchine, appena fuori città, ma Mike non era proprio tipo da andare da solo nei sobborghi di Stonebridge: Badlands, una zona di baracche e case semidistrutte da un uragano.

In città, dopo il drammatico evento di trent'anni prima, la gente aveva preferito fingere di dimenticare, per non dover fronteggiare quell'oscura e tremenda realtà. Molti genitori rimasti senza figli avevano abbandonato Stonebridge, e il paese si era spopolato. Chi era rimasto aveva deciso di continuare a vivere, mettendo da parte il passato.

Seduto sul sedile del passeggero, guardando fuori dal finestrino, di colpo Jake si sentì avvinghiare da un presentimento sinistro, e s'incupì.

«Sei preoccupato?» gli chiese lo sceriffo.

«Un po'.»

«Eri mai salito prima su una macchina della polizia?»

«No, mai.»

Lo sceriffo annuì, tenendo gli occhi fissi sulla strada.

«Jake, dimmi la verità. Tu e Mike siete mai stati al cimitero delle auto, o alla vecchia stazione dei treni, quella abbandonata?»

Il ragazzo scosse la testa. Era vero: le storie che gli raccontava sua madre, sul fatto che nei vecchi vagoni ci vivessero disperati e criminali, gli avevano sempre messo una gran paura.

«E alle Badlands?»

«Nemmeno. Mike aveva una paura folle di quei quartieri. Aveva sentito brutte storie.»

«A proposito... non riusciamo a trovare il cane di Mike.»

«Rocket?!» quasi gridò Jake, riferendosi al labrador che era sempre con loro; seguiva Mike dappertutto, come se fosse la sua guardia del corpo. Era il cane più buono e mansueto del mondo. Jake, Mike e Rocket erano sempre stati inseparabili.

«Sì, è sparito anche lui. Hai idea di dove potrebbe essere?»

«No» disse Jake. Ma dentro di sé sapeva che se Mike era stato sequestrato, Rocket avrebbe quantomeno cercato di impedirlo: quindi chiunque aveva preso Mike, doveva avere portato via anche Rocket.

In quel momento il sole sparì, coperto da nuvoloni neri che oscurarono il cielo. Più che mattina, ora sembrava sera.

«Sta per scoppiare un brutto temporale, ragazzo» disse lo sceriffo. Jake lo osservò meglio: aveva per metà sangue nativo, sangue Apache, gli aveva detto suo padre, e si vedeva. I tratti somatici c'erano tutti.

«Comunque non preoccuparti, Jake. Troveremo presto il tuo amico» proseguì Bud.

«E se stesse accadendo di nuovo?» chiese Jake, terrorizzato dalla sua stessa domanda.

«Accadendo *cosa*?»

«I bambini d'ombra.»

Lo sceriffo impallidì.

«No, Jake. Sono sicuro che non è niente del genere.»

Ma, come a voler affermare il contrario, d'improvviso le nubi iniziarono a ribollire. Il vento prese a ululare, mentre in lontananza tuoni e fulmini si scatenavano. La radio dello sceriffo sembrava impazzita: sputava rumori e parole incomprensibili, finché non si spense del tutto. Lo sceriffo provò a riaccenderla, ma niente. Poi afferrò il cellulare, ma non prendeva neanche quello.

C'era qualcosa di strano, Jake lo capì subito. E aveva ragione: in tutta la zona, telefoni e cellulari avevano smesso di funzionare, proprio come computer e radio.

In cielo, intanto, i nuvoloni carichi di pioggia avevano costruito una sorta di fortezza che sembrava racchiudere tutta la città di Stonebridge.

Nello zaino del ragazzo, nel frattempo, la Ernie Ball splendeva impazzita.

Lo sceriffo mormorò qualcosa in una lingua sconosciuta.

«Cos'ha detto? Non ho capito» disse Jake.

«Era una preghiera in lingua Apache. Una preghiera per allontanare gli spiriti cattivi.»

7

La pizza era il cibo preferito di Jake. Quella che aveva davanti era ancora fumante, la mozzarella filava, la base era croccante, e sopra c'era un mucchio di patatine fritte. Sua madre gliel'aveva comprata per tirarlo un po' su dopo quella giornata, ma il ragazzo ne mangiò a malapena uno spicchio. Non aveva per niente fame. Dopo aver accompagnato lo sceriffo al parco e nei luoghi in cui era solito andare con Mike, Bud Malone l'aveva riportato a casa, dicendo che per quel giorno era meglio che restasse a sua disposizione: sarebbe tornato a scuola l'indomani. Le ricerche erano proseguite per tutto il giorno, ma di Mike nessuna traccia.

«Non hai fame?» gli chiese Victoria.

Jake scosse la testa.

«Sei preoccupato per Mike?»

«Sì.»

Stavano cenando a lume di candela perché il temporale aveva fatto saltare l'elettricità. Telefoni, cellulari e internet erano fuori uso fin dal mattino, ed era come se il cielo si stesse ribellando, scatenando pioggia, vento, e fulmini su Stonebridge, quasi volesse punire la città.

«Vedrai che tuo padre e gli altri lo troveranno.»

Tom Mitchell, il padre di Jake, e altri uomini del paese si erano uniti in una squadra di ricerca guidata dallo sceriffo, e in quel momento stavano setacciando i boschi, aiutati dai cani e da vecchi cacciatori che conoscevano la zona come le loro tasche. Eppure, Jake aveva la netta sensazione che non l'avrebbero trovato. Mike non si era perso: era stato preso da qualcuno, questo gli suggeriva il suo istinto. Qualcuno o *qualcosa*...

«Sei proprio sicuro che Mike non ti avesse detto niente?» gli chiese la madre, distogliendolo dai suoi pensieri. «Che so: che aveva conosciuto qualche persona nuova, che aveva intenzione di andare a trovare qualcuno?»

«No, mamma. Era tranquillo. Era il solito Mike, niente di diverso.»

«Okay.»

«Posso andare in camera?» le chiese Jake.

«Sì. È tardissimo, tra l'altro.»

Era stato Jake a chiederle di rimanere sveglio nel caso ci fosse qualche novità sull'amico.

«Okay, vado.»

«Ehi, prima voglio un abbraccio.»

«Mamma!» brontolò Jake. Era grande per quelle smancerie, quasi la superava in altezza – era uno dei ragazzi più alti della scuola – ma sua madre non voleva farsene una ragione. Infatti le sue lamentele non servirono a molto: Victoria lo abbracciò, gli diede un bacio sulla fronte e ripeté che sarebbe andato tutto bene.

Facendosi luce con una torcia elettrica, Jake salì le scale di corsa e si chiuse in camera sua, buttandosi sul letto. Continuava a pensare alla frase scritta sul suo banco: *"Jake, vieni a prendermi! Ho paura! Non lasciarmi solo! AIUTO!"*.

"Dove diavolo sei, Mike?" si chiese.

I due amici erano sempre stati inseparabili, sin dalle elementari. Avevano le stesse passioni: i film e i fumetti dei supereroi; le loro camere erano tappezzate di poster degli X-Men e degli Avengers. Jake preferiva Wolverine, Mike invece adorava Capitan America. Avevano esplorato i boschi fuori Stonebridge insieme, avevano pescato nel lago di Groundwater, dopo un'intera estate di lavoro erano riusciti a costruire una casa sull'albero dove custodivano i fumetti e i dolci del bottino di Halloween, e sognavano di costruirsi una zattera e attraversare il Wichita River come i protagonisti di un libro che la Parker aveva fatto leggere in classe.

Ora però Mike era sparito, e Jake aveva paura che non sarebbe più tornato.

Jake guardò fuori dalla finestra: la strada con le villette a schiera disposte sui due lati, e i prati ordinati ora zuppi di pioggia. I lampioni erano tutti spenti, e il vento faceva ondeggiare i pali della luce. Gli scacciapensieri, appesi praticamente in ogni veranda, agitati dalle raffiche violente producevano un suono spettrale. Continuava a diluviare e non sembrava voler smettere. Jake avrebbe voluto partecipare alle ricerche, ma sua madre gliel'aveva impedito. Era una responsabilità degli adulti. Jake l'aveva informata che uno a dodici anni non è più un bambino, ma non c'era stato verso di convincerla.

Jake vide i fari di una macchina. Era la Ford di suo padre. Tom Mitchell parcheggiò davanti alla casa e corse verso l'entrata per evitare di bagnarsi troppo.

Jake spense la torcia e aprì la porta per sentire se ci fossero novità.

«Ehi, com'è andata?» domandò Victoria al piano di sotto.

In punta di piedi Jake si avvicinò al ballatoio, e, stando all'ombra per non farsi vedere, origliò la conversazione tra i genitori.

«Niente, purtroppo. Abbiamo cercato dappertutto, ma né noi né i cani abbiamo trovato la minima traccia. Altre squadre hanno battuto i boschi di Wichita e Riverside, ma niente… Abbiamo interrotto perché con questo tempo e il buio non ha senso continuare. Riprenderemo domani, con la luce del giorno. Mai visto un temporale del genere. Comunque, dov'è Jake?»

«In camera sua. Credo che stia già dormendo. Era molto preoccupato.»

«Lo posso capire.»

«C'erano anche i genitori di Mike?» chiese Victoria.

«Sì» le rispose il marito. «Tutti e due. Sono disperati, poverini. In più c'è una brutta notizia.»

«Quale?»

«Alcuni detenuti hanno sfruttato il blackout e sono riusciti a evadere. Tre criminali, tutti condannati per omicidio. Sono armati, perché sono riusciti a sottrarre i fucili alle guardie.»

Jake si sentì gelare.

«Oh, mio Dio! Quando?»

«Qualche ora fa. Lo sceriffo ha dovuto impiegare metà dei suoi uomini per dare la caccia agli evasi.»

«Pensi che c'entrino qualcosa con la scomparsa di Mike?»

31

«No, credo di no. Ma non devono neanche trovarlo per primi, perché potrebbero usarlo come ostaggio.»

«Ci mancherebbe solo questo... Tesoro, secondo te sta accadendo di nuovo? Come nell'estate di...?»

«Non dirlo nemmeno per scherzo» la interruppe Tom.

«Certo, scusami. Senti, ti ho preparato qualcosa da mangiare. Hai fame?»

«No, preferisco andare a letto. Sono stanco morto.»

Jake corse in camera sua e si infilò sotto le coperte, fingendo di dormire. Dopo qualche secondo la porta si aprì, e la mano di suo padre gli accarezzò i capelli. Quando la porta si richiuse, Jake si alzò e si sedette alla scrivania davanti alla finestra. Dal ticchettìo sempre più rumoroso sul vetro dedusse che aveva iniziato a grandinare.

"Merda, perché hanno interrotto le ricerche? Mike potrebbe essere in pericolo, al freddo, là fuori" pensò. "E ci sono degli assassini in fuga! E se lo trovassero prima dello sceriffo?"

Era nervoso e si sentiva inutile. D'improvviso si ricordò di suo zio Ben. Anche lui era sparito e non era più tornato. Si chiese dove potesse essere e cosa ne era stato di lui e di tutti i bambini d'ombra scomparsi trent'anni prima. Quasi per sentirlo più vicino, Jake aprì lo zaino e prese in mano la palla da baseball dello zio, la leggendaria Ernie Ball. Ci giocherellò per qualche minuto, passandosela da una mano all'altra, arrovellandosi per capire dove poteva essere Mike.

A un certo punto, esausto per quelle riflessioni senza rotta, posò la palla sulla scrivania e tornò a letto. Il fragore della pioggia lo disturbava e gli impediva di prendere sonno, nonostante la stanchezza.

Aveva finalmente chiuso occhio quando avvertì una luce inondare la stanza. Pensò che fosse tornata l'elettricità, ma quando sollevò le palpebre scoprì che la palla da baseball emanava un chiarore azzurro fosforescente. Trasalì e arretrò fino a toccare il muro con le spalle, spaventato.

La Ernie Ball pulsava di luce come se fosse viva.

Jake stava per lanciare un urlo di terrore quando alcune ombre comparvero sulla parete davanti a lui. Erano sagome umane. Sembravano generate dalla luce della Ernie Ball: erano almeno una dozzina, tutte ombre di bambini.

Una di queste si portò l'indice alla bocca, facendogli cenno di fare silenzio.

Jake non riusciva a fiatare, gli occhi fissi su quelle ombre che fluivano sul muro.

Jake Mitchell fece rimbalzare lo sguardo dalla palla dello zio alle sagome scure dei bambini che parevano fissarlo, sebbene lui vedesse solo le loro forme.

Ora tutti, a gesti, gli intimavano di non parlare.

Jake sbatté le palpebre, ma no, non era un sogno. Stava accadendo davvero.

"Vogliono dirmi qualcosa" pensò.

Come se gli avessero letto nel pensiero, le ombre annuirono, poi si fusero formando altre immagini.

"Mi stanno dicendo dove si trova Mike!"

8

Sembrava quasi uno spettacolo di ombre cinesi. Le figure scure si animarono, e mostrarono un bambino in bicicletta che si dirigeva verso un bosco.

"Non può trattarsi di Mike, perché lo sceriffo ha trovato la sua bici nel garage, dove l'aveva lasciata ieri sera" pensò Jake. "Quindi quello dovrei essere io. Mi stanno dicendo dove andare a cercarlo."

Il bambino sulla parete con una mano controllava il manubrio e con l'altra teneva alta una pallina che Jake identificò con la Ernie Ball. La bici si addentrò nel bosco. Sul muro le ombre formarono un qualcosa di liquido.

"Il fiume! Il Wichita River. Devo costeggiarlo."

Di colpo, come erano apparse, le ombre si dispersero per la stanza, che era di nuovo immersa nel buio. La Ernie Ball si era spenta.

Jake tirò il fiato, ancora stordito. Provò a sfiorare la Ernie Ball, con un certo timore, come se potesse dargli la scossa. Effettivamente era calda: non tanto da scottare, ma abbastanza. La prese in mano ed ebbe una sensazione rassicurante, come se fosse la cosa giusta da fare.

«Devo sbrigarmi» sussurrò a se stesso.

Cercando di non fare rumore, svuotò lo zaino dai libri e lo riempì di tutto ciò che poteva servirgli: una corda, un coltellino multiuso, una mappa di Wichita Falls, due torce elettriche e una bottiglietta d'acqua. Indossò la tuta idrorepellente che usava a scuola quando c'erano allenamenti all'aperto nei giorni di pioggia e un giubbino impermeabile con il cappuccio. Mise la Ernie Ball in tasca e si issò lo zaino in spalla. Diede un'occhiata alle sue Nike e si rese conto che si sarebbero inzuppate di pioggia in pochi secondi se fosse uscito con quelle; così si infilò gli stivali di gomma che usava per andare a pesca con Mike al fiume. Infine si coprì la testa con un berretto da baseball dei Wichita Giants e scrutò la strada. L'ululato del vento avrebbe coperto i rumori della sua fuga.

Ora veniva la parte più difficile: calarsi dalla finestra. Se fosse uscito dalla porta, i suoi se ne sarebbero accorti subito: le scale di legno scricchiolavano. Non aveva scelta. Sapeva che era pericoloso e che il tetto doveva essere molto scivoloso a causa della pioggia, ma in gioco c'era la vita di Mike.

Aprì la finestra a ghigliottina e scavalcò il davanzale. Si spostò con cautela fino a un grosso pluviale che di sicuro poteva sostenere il suo peso. Facendo molta attenzione si aggrappò al grosso tubo verticale, poi scivolò lentamente fino a raggiungere il prato sottostante.

Sollevato, corse verso il portico posteriore per prendere la Monster, poi si precipitò verso la strada, lanciando un'occhiata alla finestra dei suoi genitori. Tutto tranquillo. Non si erano accorti di nulla.

"Via libera" pensò, montando in sella. Il vento scuoteva gli alberi e i cespugli, costringendolo a socchiudere gli occhi per ripararli. Pioveva ancora, ma con meno violenza rispetto a prima. La luna, però, era ancora nascosta dalle nubi, e la via era molto buia. Dall'alto una fila di corvi appollaiati sui cavi telefonici lo osservavano come se fossero lì per scoraggiarlo a proseguire.

Jake non si fece impressionare. Fissò una delle torce sul manubrio per illuminare la strada davanti a sé, e stava per iniziare a pedalare quando una voce lo paralizzò: «Ehi, dove stai andando?».

9

Jake si girò di scatto e si trovò davanti una Remex Monster con le ruote rosse, identica alla sua, da cui lo fissava Courtney Kent. Suo padre era afroamericano, la madre aveva origini orientali. La mescolanza di geni le aveva regalato una bellissima pelle ambrata e un taglio degli occhi allungato, quasi felino, che rendevano il suo viso davvero particolare. Courtney era la prima della classe e Jake non l'aveva mai vista senza un libro in mano, a parte in quel momento. Non aveva la minima idea di cosa potesse volere da lui a quell'ora della notte.

«Cosa cavolo ci fai qui?» Jake temeva che la compagna di classe potesse intralciare la sua spedizione o fare la spia.

«Sono venuta perché dovevo parlarti» rispose Courtney. Anche lei indossava un giubbino impermeabile con il cappuccio.

«E di cosa vorresti parlare?»

«Di Mike.»

«Sai qualcosa?!»

«Sì, ma spostiamoci da qui.»

Jake si guardò intorno. Courtney aveva ragione. Meglio allontanarsi da casa per non essere scoperti.

«I tuoi sanno che sei uscita?» le chiese.

«Eh?! Certo che no! Scherzi?»

«Bene. Vieni, allora. Seguimi» disse Jake.

Le due bici percorsero Virginia Street fino a immettersi nella strada che conduceva al bosco di Stonebridge.

La luce delle torce incastrate nei manubri tagliava l'oscurità delle strade.

I due amici si guardarono più volte alle spalle, avevano la sensazione di essere osservati...

10

Jake aveva infranto una regola sacra per lui e Mike: aveva portato un estraneo nella loro casa sull'albero.

Tra sassi, radici, e fango le biciclette avevano avuto difficoltà a procedere, così Jake e Courtney le avevano posate contro una quercia, e avevano proseguito a piedi fin quasi alla riva del fiume, dove erano saliti nella casetta arrampicandosi su per la scaletta di legno.

«Non ci credo» disse Courtney quando Jake accese la torcia all'interno della capanna di legno. «L'avete davvero costruita da soli?»

Jake si guardò intorno: ci potevano stare comodi almeno tre ragazzini; c'erano due sacchi a pelo, dei tappetini da palestra, sgabelli fatti con ciocchi di legno, e una minilibreria dove tenevano i fumetti, le riviste di scienza di Mike, e i vecchi numeri di "Detective Magazine", la rivista preferita di Jake. Dentro una grossa boccia di vetro c'erano tutti i dolci e i cioccolatini che Mike e Jake erano riusciti a raccogliere nel loro quartiere facendo "dolcetto o scherzetto" all'ultimo Halloween.

«Sì. Solo io e Mike» rispose Jake accendendo un'altra torcia per fare più luce. «Mio padre ci ha procurato una parte dei materiali, ma per il resto abbiamo fatto tutto da soli. Non lo sa nessuno, quindi vedi di non spifferarlo in giro.»

Jake un po' si vergognava: già lui e Mike avevano la fama di essere due nerd asociali, non voleva che ora Courtney potesse prenderli anche per due Peter Pan che non volevano crescere.

«Wow» disse invece lei, osservando una finestrella che dalla casa sull'albero si affacciava sul Wichita River. «Piacerebbe anche a me avere una cosa del genere! È stupenda, e non piove neanche dentro, avete fatto un lavoro fantastico!»

Jake non amava i complimenti, e non l'aveva portata lì per farle vedere quanto erano stati in gamba lui e Mike. La casa sull'albero era l'unico posto dove potessero parlare in tranquillità, senza che nessuno li scoprisse.

«Hai detto che volevi parlarmi di qualcosa» la incalzò.

Courtney si voltò. D'improvviso si era fatta titubante, come se si vergognasse.

«Che c'è? Non era vero?»

«No, no. È che non voglio che pensi che sia pazza.»

«Perché dovrei pensarlo?» Jake si tolse il berretto. Il ciuffo biondo gli cadde sulla fronte, mettendo ancora più in risalto i suoi occhi.

«Perché è una cosa stranissima, però ti giuro che è vera.»

«Spara.»

«Ho fatto un sogno.»

«E allora?»

«Ieri notte ho sognato Mike. E penso di sapere dov'è.»

11

Jake ascoltò il sogno di Courtney, poi tacque per qualche secondo. Non sapeva se poteva fidarsi. Magari quell'incubo non significava niente.

«So che ti sembrerà una follia, ma mi è capitato altre volte di sognare qualcosa, per poi scoprire che era tutto vero. Mio padre dice che è un dono, una specie di potere. Era così anche mia nonna. Faceva sogni premonitori. Secondo te sono pazza?»

Jake Mitchell scosse la testa.

«Ti devo dire una cosa anch'io» disse Jake.

«Cioè?»

«Hai presente la storia dei bambini d'ombra?»

«Certo. Quelli spariti tanti anni fa.»

«E sai perché li chiamano così?»

«Perché alcune persone dicono di averli sentiti giocare nelle foreste di Wichita, ma non li hanno mai visti. Hanno scorto soltanto le ombre. Pensi che c'entrino con Mike?» domandò Courtney.

«Non lo so. Però...»

Jake prese dalla tasca la Ernie Ball. «Questa era di mio zio Ben. Lui è uno dei bambini scomparsi trent'anni fa.»

«Mi dispiace.»

«Credo che lui mi stia dicendo qualcosa attraverso questa palla.»

Courtney lo fissò stranita per qualche secondo, poi scoppiò a ridere. «Mi vuoi prendere in giro? Quella palla?»

Jake cominciava a pensare che portarla lì non fosse stata una buona idea. Courtney gli stava soltanto facendo perdere tempo.

«Questa palla è come se fosse... *viva*. Come se avesse un potere legato a quei bambini...»

«Sì, vabbè... Ma chi vuoi prendere in giro? Ti sembro davvero così cretina?»

«Non ci credi?»

«Dài, Jake, non sono stupida. Piantala di prendermi in giro.»

«Okay» tagliò corto il ragazzo, spegnendo la torcia. «Spegni anche la tua» disse a Courtney.

«Sei matto? Perché dovrei?»

«Ti dimostro che non sto scherzando...»

«No!»

«Fidati di me, Courtney. Solo per qualche secondo, poi la puoi riaccendere.»

Lei lo guardò con diffidenza, però fece come le aveva chiesto, e spense la torcia. E nella casetta calò il buio assoluto.

Jake alzò la Ernie Ball, ma non accadde nulla.

"Oh, no! Per favore, zio Ben, non farmi fare una figura di merda."

«Jake? Il buio mi fa paura. Io riaccendo.»

«Aspetta un attimo!»

Quando ormai stava per perdere le speranze, la Ernie Ball iniziò a sprigionare calore nella sua mano, e cominciò a emettere una luce azzurra pulsante, che illuminò tutta la casa sull'albero.

Courtney sgranò gli occhi.

Jake sorrise. "Grazie, zio Ben" pensò.

«Jake... cosa sta...»

La ragazza lanciò un urlo vedendo sulle pareti di legno delle ombre in movimento. Erano bambini. A decine.

Jake le spiegò che le ombre volevano aiutarli.

«Chi sono?!» Courtney era terrorizzata.

«Sono loro. I bambini scomparsi.»

Lei riaccese la torcia, di colpo la Ernie Ball smise di brillare e le ombre svanirono, come se le avessero soltanto sognate.

«Ora mi credi?»

12

Circolavano tante leggende a proposito delle montagne e delle foreste di Wichita Falls. Si diceva che vi accadevano cose strane perché gli sciamani indiani avevano fatto incantesimi per liberare quelle terre dagli spiriti malvagi. Si mormorava che fossero state maledette dalle streghe che lì si erano nascoste per sfuggire alle persecuzioni, e che i loro potenti sortilegi avessero reso vivi i boschi, popolandoli di creature mostruose. Si diceva perfino che gli spiriti dei soldati morti da quelle parti durante la Guerra d'Indipendenza vagassero fra gli alberi, terrorizzando chiunque provasse ad attraversare i boschi di notte.

Fino a quella notte né Jake né Courtney avevano mai creduto a tutte quelle chiacchiere. Ma quando lasciarono la casa sull'albero, e si inoltrarono nella foresta, entrambi si resero conto che quel posto era... be', era come se fosse vivo.

Il vento alle spalle dava a Jake la sensazione che qualcuno gli stesse alle calcagna e gli soffiasse sul collo. Voltandosi di scatto, però, non vedeva nessuno.

"È solo paura" si disse, senza smettere di pedalare. "Non farti impressionare."

Le torce incastrate nei manubri illuminavano il sentiero, sempre più tortuoso.

Jake notò che Courtney continuava a guardarsi intorno e sussultava a ogni rumore, a ogni fruscio, a ogni scricchiolio. E gli seccava tremendamente ammettere che anche lui era spaventato, ma lo era.

Non pioveva più, se non altro, ma la terra intrisa d'acqua rendeva il percorso davvero faticoso.

«So che è una brutta situazione, ma non possiamo tornare indietro, Courtney. Non ora. Siamo quasi arrivati» disse il ragazzo.

Courtney aveva un pessimo presentimento: sentiva che c'era qualcosa di oscuro intorno a loro, ma non voleva mollare Jake e lasciarlo lì da solo. E poi c'era la palla: all'inizio si era convinta che fosse tutto un trucco, e se l'era fatta passare. Prendendola in mano si era resa conto che era una semplice palla da baseball con l'impronta della mano di un bambino impressa dall'uso. Certo, era un modello raro – i suoi fratelli avrebbero fatto carte false per avere una leggendaria Ernie Ball – ma, a parte questo, era una normalissima palla da baseball. Però la luce azzurra... be', era davvero incredibile.

«Vedi qualcosa che ti ricorda il sogno che hai fatto? Qualche particolare?» domandò Jake, fermandosi per riprendere fiato.

«No...»

«Per favore, concentrati e dimmi se vedi qualcosa che hai notato nel sogno...»

«Io non... Non credo che... Oddio, cosa sono quelli?! Jake!»

Jake si voltò di scatto. Sembravano... no, non sembravano, *erano* quattro lupi.

I due, terrorizzati, rimasero immobili a guardare le belve che ringhiavano e digrignavano i denti.

«Cosa cavolo facciamo adesso?» sussurrò Courtney.

«Non lo so» rispose Jake, cercando disperatamente una soluzione.

Uno sbattere d'ali annunciò l'arrivo di uno stormo di corvi. Si posarono sui rami degli alberi, a centinaia, e rimasero a fissarli con gli occhi di un giallo quasi fosforescente. Le fronde scricchiolavano sotto il loro peso.

Jake notò qualcosa che si muoveva tra le radici delle piante, a pochi metri. Poi sentì un sibilo, e capì che erano serpenti. A decine.

Courtney lanciò un urlo che servì solo a innervosire ulteriormente i lupi.

"È come se gli animali della foresta si stessero radunando per farci scappare!" pensò Jake. Forse le leggende che sentiva raccontare fin da piccolo non erano poi così lontane dal vero.

«Jake... si stanno avvicinando» disse Courtney.

«Sì, dobbiamo fare qualcosa.»

La ragazza afferrò un ramo caduto, pronta a difendersi. Jake la imitò, invidiando il suo sangue freddo.

Mentre l'amico si chinava a raccogliere il pezzo di legno, Courtney si accorse di un bagliore che sembrava emanato dai vestiti.

«La palla! Tira fuori la palla!» gli gridò.

Il ragazzo annuì, maledicendosi per non averci pensato prima. Appena la Ernie Ball entrò in contatto con la pelle di Jake, prese a brillare con più potenza, e la sua

46

luce si diffuse in quella porzione di bosco, immobilizzando le belve.

Courtney rimase a bocca aperta: più intenso si faceva il luccichio emesso dalla palla, e più Jake cambiava. I capelli sembravano percorsi da un'insolita elettricità statica, che li rendeva gonfi e li sollevava verso l'alto, mentre gli occhi erano entrambi di un turchese fosforescente, simili a due fanali. L'aria intorno si stava saturando di una nuova energia.

«Jake!» lo chiamò, preoccupata.

Ma il ragazzo non sembrava sentirla. Le foglie sul terreno intorno a lui iniziarono a crepitare, poi si alzarono da terra, restando sospese nell'aria.

Dopo un attimo di spaesamento, i quattro lupi attaccarono nello stesso momento, a fauci spalancate e zanne scoperte.

«Jake!» gridò Courtney, cercando di proteggersi il viso con le mani.

Completamente avvolto da un'aura elettrica, Jake scagliò la Ernie Ball contro i lupi, e all'improvviso la palla si trasformò in un'onda d'energia dal colore azzurro acceso che investì i serpenti e i lupi, spazzandoli via. Poi proseguì nella sua corsa travolgendo decine di alberi, come se fossero fatti di carta, scavando un solco fumante sul terreno. Fu come se fosse esplosa una bomba, illuminando a giorno la foresta di Wichita.

I corvi se ne andarono gracchiando tutti insieme, in un frullare d'ali disperato.

Jake crollò in ginocchio. Aveva il fiato corto, come se avesse compiuto un grosso sforzo. I capelli ricaddero sulla fronte sudata, e gli occhi ripresero il loro colore.

Courtney s'inginocchiò accanto a lui, gli mise una mano sulla spalla e lo scrollò, gentile, per sincerarsi che stesse bene.

«Tutto okay?»

«Wow!» esclamò Jake, guardando con un sorriso da orecchio a orecchio il terreno scavato dall'onda d'energia. Era ancora fumante. La Ernie Ball aveva distrutto tutto nel raggio di decine e decine di metri.

«Hai visto che roba?» Jake era eccitato.

Courtney annuì e scoppiò a ridere, ora che il pericolo era scongiurato.

«Cavolo, incredibile» disse.

«Meglio andare a riprendere la palla prima che arrivino altri lupi» disse Jake, tendendole le mani per farsi aiutare ad alzarsi.

Avevano appena ripreso le bici quando videro una sagoma correre verso di loro.

Dopo l'esplosione di luce, la foresta era ripiombata nell'oscurità e i due ragazzi non riuscirono a distinguere con chiarezza i contorni dell'animale. Sentirono solo il rumore della sua corsa affannosa.

La paura che si trattasse di un lupo li fece gridare entrambi di terrore.

Ma quando fu a pochi metri, si resero conto che non era né un lupo né una belva feroce.

Era solo un cane scodinzolante che stringeva in bocca una palla da baseball.

Era Rocket, il labrador di Mike, che riportava a Jake la Ernie Ball.

13

Courtney abitava in Hillside Road, una strada in collina a pochi chilometri da casa di Jake. Stonebridge era ancora immersa nelle tenebre. Il blackout era ancora in corso e la città sembrava deserta. A chi sarebbe venuto in mente di uscire a quell'ora e con quel tempaccio, sapendo, per giunta, che c'erano tre evasi in fuga?

Dopo che si erano imbattuti in Rocket, una fitta pioggia aveva ripreso a cadere, così Jake e Courtney avevano deciso di rincasare.

La disavventura notturna, comunque, aveva portato un buon risultato: avevano ritrovato Rocket, che ora si stava facendo il bagno dentro una fontana per togliersi tutto il fango di dosso. Il labrador stava bene e aveva fatto le feste a Jake. L'aveva riconosciuto. Avevano provato a dire il nome di Mike al cane, ma lui li aveva guardati con gli occhi pieni di malinconia, come se non sapesse dove si trovava il suo padrone.

«Secondo te lo dobbiamo dire cos'è successo?» chiese Courtney quando si fermarono davanti a casa sua.

«Meglio di no. I miei mi metterebbero in punizione per mesi, e non potrei continuare le ricerche. Se abbiamo trovato Rocket, significa che possiamo trovare anche Mike, e non voglio rischiare di perderlo» rispose Jake.

«E quello che hai fatto con la Ernie Ball?»

«Non ci crederebbe nessuno, fidati. Ci prenderebbero per matti.»

«Ma non è vero!»

«Lo so, ma sai com'è la gente.»

Courtney annuì, sconsolata.

«Ci riproviamo domani notte?»

Jake sapeva che era pericoloso, ma in quelle ore si era anche reso conto che lui e Courtney insieme erano fortissimi. Annuì: «Certo, però dobbiamo tenere la bocca chiusa su tutto, okay? Non possiamo farci scoprire».

Lei fece il gesto di chiudersi le labbra come se fossero una zip.

«Allora a domani, stessa ora, okay?»

«Stessa ora. Buonanotte.»

Jake la salutò con la mano, poi si rimise in sella alla Monster e pedalò verso casa sua, con Rocket che lo seguiva di corsa.

Il cane continuava a guardare indietro come se qualcuno li stesse tallonando.

«Smettila, Rocket. Sta' tranquillo. Non c'è nessuno» gli ripeteva Jake.

Ma si sbagliava.

Perché i bambini ombra li seguivano, ma solo il cane li vedeva.

14

Jake si svegliò di soprassalto. Doveva essere tardissimo. Un sole pallido illuminava già la sua stanza. Lanciò un'occhiata alla sveglia digitale: era spenta. Quindi l'elettricità non era tornata. Si era addormentato molto tardi, perché aveva ancora in circolo una grossa quantità di adrenalina, dopo ciò che era successo nel bosco. Aveva dormito con la Ernie Ball stretta al petto, come se la palla avesse il potere di proteggerlo dagli incubi e da quel senso di pericolo che non riusciva a scrollarsi di dosso. Scese di corsa al piano di sotto. Trovò sua madre seduta al tavolo della cucina, che leggeva i giornali. Jake riconobbe il "Birmington Post", il quotidiano nazionale, e il "Wichita News", quello locale. Appena vide il figlio, la donna girò di scatto la pagina, come se non volesse fargliela vedere.

Jake fece finta di niente, ma riuscì comunque a leggere un titolo: "Paura a Stonebridge, scomparso un ragazzino. Che stia tornando l'estate dell'orrore?".

«Buongiorno» gli disse Victoria, con un sorriso.

«Mamma, scusami... non mi sono svegliato e so che è tardi per...»

51

«Tranquillo. La scuola è chiusa, oggi.»

«Chiusa?»

«Sì, per via del blackout. L'elettricità non è ancora tornata. E poi per la storia di Mike.»

Jake si rilassò. Si sedette a tavola e si versò un bicchiere di latte fresco. Sul cartone vide l'immagine in bianco e nero del suo migliore amico con la scritta MISSING, "scomparso". C'era il numero dell'ufficio dello sceriffo a cui rivolgersi se si avevano informazioni su Mike.

«Cosa dicono i giornali?»

Sua madre arrossì.

«Mamma, sono grande, e devo sapere cosa succede.»

«Hai ragione. Dicono che lo sceriffo e i suoi uomini lo stanno cercando e forse tra oggi e domani arriverà anche la polizia dello Stato… E poi, stanotte è crollato il ponte.»

«Il ponte?»

«Già. Forse per via del brutto tempo. Questo rallenterà i soccorsi, perché la città è isolata.»

Era come se qualcuno o *qualcosa* stesse cercando di far sì che gli abitanti di Stonebridge non potessero chiedere aiuto e nemmeno scappare, pensò Jake, sperando di sbagliarsi.

«Papà?» chiese poi.

«È già uscito. Hanno iniziato all'alba a perlustrare i boschi.»

Sua madre non accennò ai criminali scappati dalla prigione, e Jake evitò l'argomento, per non dover ammettere di aver origliato la loro conversazione. Mise una manciata di cereali al cioccolato nel bicchiere, e mescolò.

Mentre mangiava, vide dalla finestra i signori Stroud – i loro vicini – che caricavano dei bagagli sulla station-wagon, come se si stessero preparando a lasciare la città.

«Dove vanno gli Stroud?» domandò.

«Credo che se ne stiano andando per un po'. Per via di questo tempo orribile. Hanno paura.»

Carl, il figlio di nove anni, salutò con la mano. Jake rispose al saluto e si disse che di sicuro, più che il maltempo, gli Stroud temevano che Carl potesse fare la stessa fine di Mike.

«Ma i tuoi stivali? Perché sono così sporchi di fango?»

Jake tenne gli occhi bassi e si augurò di non arrossire. Aveva lasciato gli stivali in veranda, dietro casa, pensando di pulirli la mattina presto, ma poi non si era svegliato.

«Dopo li pulisco» provò a tagliare corto.

«Va bene. Ma come mai li hai tirati fuori?»

Jake stava cercando d'inventarsi una scusa, quando qualcuno bussò alla porta, salvandolo dall'impiccio.

Sua madre si alzò e andò ad aprire, e scoppiò a ridere quando si trovò davanti non una persona, come si era aspettata, ma Rocket, il cane di Mike.

«Rocket? Cosa fai ancora qui?» gli chiese, accarezzandogli la testa.

«Perché ancora?» si informò Jake, alle sue spalle.

«Stamattina tuo padre l'ha trovato che dormiva qui in veranda. L'ha riportato ai genitori di Mike, ma ora questo mascalzone è tornato.»

«Forse vuole stare con me, mamma.»

«Hai ragione, non ci avevo pensato.»

«Senti, pensavo... dato che la scuola è chiusa, posso andare in biblioteca?»

Victoria sembrò rifletterci.

«Va bene. Ma solo per un paio d'ore. E sia chiaro: ti ci porto io, e vengo pure a riprenderti. Per oggi scordati la bicicletta.»

«Ma...»

«Niente ma, Jake. Stanotte sono caduti alberi ovunque, e ci sono stati un sacco di incidenti.»

«Che genere di incidenti?»

«Qualcuno ha visto dei fuochi nei boschi, e i fulmini hanno colpito alcune barche ormeggiate sul pontile del Wichita River, e poi te l'ho detto, è crollato il ponte. I vigili del fuoco hanno chiuso la zona, non si può più accedere.»

«Va bene.»

«Forza, va' a cambiarti, allora.»

«E Rocket?»

«Lo riportiamo a casa sua. Vero, bestione?»

Per tutta risposta, il labrador le leccò la mano.

Jake e Victoria risero.

15

Jake voleva scoprire qualcosa di più sul mistero dei bambini d'ombra, per capire se potesse c'entrare qualcosa con la sparizione di Mike. Per questo aveva chiesto di andare in biblioteca: voleva dare un'occhiata ai giornali dell'epoca.

La Public Library si trovava sul Belgravia Boulevard, un bellissimo viale alberato al centro della città, in zona pedonale. Era una via di negozi, quella dove verso sera le ragazze e i ragazzi più grandi andavano a fare un giro, si ritrovavano, si innamoravano, all'ombra degli altissimi ippocastani.

Jake salutò di fretta sua madre – si vergognava a farsi vedere dagli altri con lei, che si congedava sempre con un bacio sulla guancia – ed entrò nella biblioteca. Si avvicinò al banco e aspettò che Loretta Baker, la bibliotecaria afroamericana che lavorava lì da più di trent'anni, finisse ciò che stava facendo.

«Mi dispiace, signor Murray. È da qualche giorno che i computer sono fuori uso per via dell'elettricità che salta di continuo. Facciamo tutto su carta, come ai vecchi tempi. Firmi qui e può andare.»

Il vecchio signore ritirò i suoi libri e se ne andò. Loretta fece un gran sorriso a Jake.

«Buongiorno, caro. Come stai?»

«Così così. Hai sentito di Mike?»

«Certo. Mi dispiace moltissimo.»

Jake annuì, guardandosi intorno. La biblioteca era piena di ragazzi. Molti suoi compagni di scuola avevano avuto la sua stessa idea, solo che loro erano impegnati a leggere riviste di sport, fumetti, e a giocare a carte.

«C'è qualcosa che posso fare per te, Jake? Vuoi un altro dei tuoi polizieschi?»

Jake scosse la testa. Quello era una specie di segreto tra lui e la bibliotecaria: una volta lei gli aveva chiesto come mai leggesse solo mistery, libri dove c'era un delitto o un mistero su cui indagare, e lui le aveva confessato che da grande voleva fare l'investigatore privato. Aveva avuto paura che anche lei lo prendesse in giro per questo – come tutti, d'altronde – e invece Loretta gli aveva detto che era un'ottima idea perché era un ragazzo molto sveglio e astuto, e da quel giorno aveva preso l'abitudine di mettergli da parte tutti i libri e le riviste sui detective che arrivavano in biblioteca, a partire da "Mr. Detective", la sua preferita.

«No, in realtà non sono qui per questo.»

«E per cosa, allora?» chiese la donna, i cui occhi verdi spiccavano in contrasto con la pelle scurissima.

«Hai mai sentito parlare della "leggenda di Stonebridge"?»

«Certo… ero già qui come apprendista, quando accadde. Avevo poco più della tua età.»

Jake annuì. «Posso leggere i vecchi giornali e tutto ciò che parla di quel mistero?»

56

«Per questo non dovresti essere un po' più grande, Jake?»

Il ragazzino scrollò le spalle.

«Uhm... Okay, lasciamo perdere, per questa volta. Vieni con me.»

Jake seguì la donna corpulenta, ignorando le occhiate curiose dei suoi compagni. Una decina di minuti dopo, Loretta gli aveva messo in mano almeno una ventina di quotidiani dell'epoca.

«Mi sa che ne avrai per un bel po'...»

«Già» disse Jake guardandosi intorno in cerca di un posto libero, ma in sala lettura i tavoli erano pieni di studenti, e a lui non andava di farsi vedere dagli altri mentre spulciava vecchi giornali. Temeva che l'avrebbero preso in giro.

«Lascia stare. Vieni con me. Ho un posto tranquillo dove nessuno ti disturberà» intervenne la bibliotecaria, scompigliandogli i capelli dorati.

Lo fece entrare nel suo ufficio e gli fece spazio sulla scrivania. Loretta aveva un debole per Jake, perché restituiva sempre tutti i libri puntualmente, senza sgarrare mai nemmeno di un giorno, e perché i libri – a differenza della maggior parte dei suoi coetanei – li leggeva davvero, non fingeva di sfogliarli per imbrogliare i genitori e i professori. Voleva molto bene anche a Mike, l'unico ragazzino di tutta Stonebridge che leggeva ogni libro di scienza che gli capitava sottomano.

«Prenditi tutto il tempo che ti serve» disse, offrendogli una Coca-Cola che aveva preso per lui dal distributore automatico.

«Grazie, Loretta.»

«Figurati, tesoro. A più tardi.»

La donna chiuse la porta e Jake si mise al lavoro. Uno dopo l'altro, lesse tutti gli articoli che riguardavano la sparizione dei quasi duecento bambini e ragazzi sotto i tredici anni nell'estate del 1984, e prese nota sul quaderno degli elementi essenziali, sottolineando le parole chiave con un evidenziatore arancione. Quando tra i nomi dei ragazzi spariti lesse anche quello di suo zio Ben gli venne la pelle d'oca. Per scacciarlo prese dallo zainetto la Ernie Ball e se la palleggiò tra le mani, proseguendo la lettura.

"Ma perché rapire centinaia di bambini? A che scopo?" si domandava.

Non riuscì a darsi una risposta. La cosa interessante era che nei giorni precedenti alla sparizione sia Stonebridge sia Wichita Falls erano state colpite da un violentissimo temporale, come stava accadendo in quei giorni. Erano accadute molte cose strane: gli adulti erano stati male, accusando mal di testa e febbre alta fuori stagione, gli animali erano come impazziti, e una fitta nebbia era calata sulla città, rendendola spettrale. Questo era un punto in comune e Jake lo annotò sul quaderno.

Continuò a leggere per altre due ore, con molto impegno, in cerca di qualsiasi dettaglio che potesse aiutarlo a fare luce sul mistero. Non trovò nulla, tranne il riferimento a una vecchia leggenda indiana. Non si diceva granché, ma i giornalisti del "Wichita News" accennavano alla *Leggenda del Goldberg*. Jake cerchiò più volte quel nome sul quaderno. Goldberg. Non l'aveva mai sentito prima.

D'un tratto la porta si aprì. «È ora di pranzo, Jake. Che dici di fare una pausa?» gli disse Loretta.

Il tempo era volato.

«Certo, scusami. Non mi sono reso conto dell'ora.»

«Tranquillo. Scoperto qualcosa?»

«Non saprei... Hai presente cos'è la leggenda del Goldberg?»

Loretta Baker aggrottò la fronte. «Credo che sia una vecchia leggenda degli indiani che vivevano in questi territori prima che i bianchi glieli sottraessero, ma non so dirti molto. Credo che il Goldberg fosse una sorta di spirito o creatura che secondo loro viveva nei boschi. Ma non so dirti altro, Jake.»

«Peccato.»

«Sai a chi potresti chiedere, però?»

Jake scosse la testa.

«Al vecchio Billy Bob Pumkee. Lui è discendente di quei guerrieri indiani. Se c'è qualcuno che sa qualcosa del Goldberg, be', quello è lui.»

Jake aveva capito a chi si riferiva Loretta: Billy Bob Pumkee era uno degli ubriaconi del paese, lo potevi trovare a qualsiasi ora del giorno all'Iron Horse Pub. È vero, era un nativo, ma per farlo parlare bisognava trovarlo in uno dei suoi rari momenti di lucidità. Si segnò comunque il nome sul taccuino: avrebbe fatto un tentativo.

«Grazie mille, Loretta Baker.»

«Di niente, Jake Mitchell. Spero che lo sceriffo trovi presto il tuo amico Mike.»

16

Quando Stonebridge era stata costruita, dopo la guerra tra le tribù indiane e l'esercito americano in cui erano morti migliaia di guerrieri Apache e Sioux, la Main Road, la via centrale del paese, era quella dove si potevano trovare tutti i locali e i ristoranti fuori dai quali i cowboy lasciavano i cavalli legati ad abbeverarsi. Era anche il luogo dove si erano risolti tutti i conflitti tra pistoleri, narrava la storia. Erano passati tanti anni da allora, ma la Stonebridge Main Road era ancora la via della città dove recarsi a mangiare qualcosa, se ci si voleva divertire o fare compere. Non c'erano più cavalli fuori dai locali, ma biciclette, moto, monopattini e piccole auto elettriche. Il martedì e il sabato le strade e i marciapiedi venivano invasi dalle bancarelle del mercato cittadino, ma pur essendo martedì, data la situazione i commercianti avevano deciso di saltare l'appuntamento. Quella mattina, nel tragitto per raggiungere la biblioteca, Jake aveva visto parecchie famiglie caricare le auto per lasciare la città. Il ricordo dell'estate di trent'anni prima, rinvigorito dalla scomparsa di Mike, stava seminando il panico tra gli abitanti di Stonebridge.

Jake trovò sua madre e Rocket seduti su una panchina fuori dalla biblioteca. Aveva smesso di piovere, ma benché fosse l'ora di pranzo il cielo era talmente scuro che sembrava quasi notte. Quell'oscurità precoce era inquietante e tutti s'interrogavano sul suo significato, tirando fuori teorie assurde e spaventose.

«Cosa ci fa lui qui?» chiese Jake, ridendo.

«Quando sono arrivata era già qui che ti aspettava. Dev'essere scappato di nuovo, vero, birbante?»

Rocket si rifugiò tra le gambe di Jake, che gli carezzò il musone.

«Hai fame, Jake Mitchell?» gli chiese sua madre. «Oggi per tirarti su il morale ti faccio scegliere quello che vuoi.»

«Schifezze comprese?» domandò lui.

«Schifezze comprese.»

«Sì!»

Jake scelse di andare al Chicken Twins, un fast food vicino alla biblioteca dove servivano pollo fritto con una montagna di patatine. L'insegna del negozio era formata da due polli sorridenti, vestiti da guerrieri indiani con in pugno arco e frecce. Jake prese il menu Big, e divise il pollo con Rocket, che non lo mollava un attimo.

«Allora, figlio, com'è andata in biblioteca?»

«Bene. Loretta è sempre supergentile con me... Tu hai notizie da papà?»

«Stanno continuando a cercare. Per ora niente. Ma lo troveranno, tranquillo.»

«Senti, mamma, tu sai cos'è un "Goldberg"?»

«Credo di sì. È una leggenda indiana.»

«Che leggenda?»

61

«Non ne so molto, ma mi pare che fosse una sorta di spirito malvagio che le antiche tribù avevano invocato per sconfiggere l'esercito che voleva cacciarli da queste montagne. Il Goldberg arrivava dritto dal regno dei morti, o regno delle ombre, come lo chiamavano loro. Era tipo un demone.»

«Wow... E ha funzionato?»

«Da com'è finita, direi di no. Ma se la leggenda fosse vera, sai, gli spiriti non sono certo facili da controllare. Una volta che li invochi, loro fanno ciò che vogliono. E da quello che mi ricordo, il Goldberg era uno spirito parecchio cattivo. Però non darci troppo peso: sono solo vecchie storie.»

Jake ci pensò su. «Mamma?»

«Dimmi, tesoro.»

«Posso farti una domanda personale?»

Victoria Kent sorrise. «Certo.»

«Dopo che lo zio Ben è sparito, perché i nonni hanno deciso di rimanere in quella casa? Non era meglio venderla e comprarne un'altra? Non gli ricordava troppo lo zio?»

«Questa è proprio una domanda intelligente... Sai, Jake, me lo sono chiesta anch'io tante volte. E credo di avere capito che i nonni, come me d'altronde, hanno sperato fino all'ultimo che Ben potesse tornare. Non volevano abbandonare la casa perché un giorno sarebbe potuto arrivare Ben, e loro volevano essere lì ad aspettarlo.»

«È per questo che il nonno è così, adesso? È colpa del dolore?»

17

Donald Kent, il nonno di Jake, era ricoverato da molti anni nella casa di cura Stonebridge Spring. Jake l'aveva sempre visto così: un vecchio in sedia a rotelle, incapace di parlare, che fissava il panorama dalla finestra della sua camera. Quel pomeriggio Jake chiese di andare a trovare il nonno. Victoria fu felice di accontentarlo; Rocket, manco a dirlo, andò con loro, dato che separarlo da Jake era ormai impossibile, quasi che il cane avesse paura che, in sua assenza, Jake potesse sparire come Mike.

La Stonebridge Spring era un bel posto: immerso nella natura, con giardini molto curati, inservienti gentili e pazienti, fiori dappertutto. Più che una casa di riposo sembrava un hotel di lusso. Il bianco era il colore predominante: tutto era bianco – le pareti, le uniformi degli infermieri, i pilastri, la facciata del centro, ogni cosa. Perfino gli spazzolini. Quando Jake aveva chiesto a sua madre il perché di tutto quel bianco, lei gli aveva risposto che era un colore rilassante, e gli ospiti non dovevano innervosirsi o preoccuparsi per nessun motivo, e il *total white* li aiutava a tranquillizzarsi. A Jake, invece, faceva venire voglia di urlare e dipingere tutto con le bombolette spray che teneva nell'angolo più nascosto dell'armadio a muro. Ogni tanto lui e Mike andavano a fare qualche graffito allo Stonebridge Park, insieme a Doug, Jimmy e Ronnie, gli amici con cui giocavano a baseball, ma se sua madre l'avesse scoperto... meglio non pensarci.

«Ciao, papà» disse Victoria entrando nella stanza di Donald Kent. Il vecchio era seduto sulla sedia a rotelle, gli occhi inespressivi persi nel paesaggio delle colline che davano sui boschi di Wichita Falls.

«Ciao, nonno.»

Nessuna risposta. Jake si rese conto che in tutta la sua vita non aveva mai sentito la voce del nonno: l'aveva sempre conosciuto così, come se fosse un vegetale. I medici lo definivano "stato catatonico", che significava che probabilmente Donald non percepiva nemmeno le loro voci, e forse non pensava nemmeno più, come se fosse perso in un altro mondo.

Un'infermiera entrò in camera e si mise a parlare con Victoria. Jake chiese alla madre se poteva portare il nonno a fare un giro; lo faceva sempre quando andava a trovarlo.

Victoria gli disse di sì, e Jake, con Rocket che gli trotterellava dietro, spinse la carrozzina del nonno fino al bellissimo giardino.

Quando furono abbastanza lontani dagli altri anziani, Jake iniziò a parlare: «Nonno, ho bisogno del tuo aiuto. Stanno accadendo cose strane in città. Il meteo sta impazzendo, e c'è qualcosa nei boschi di Wichita. Qualcosa di oscuro... Ieri è sparito il mio amico Mike.

Ha solo dodici anni. Nessuno sa che fine abbia fatto. È scomparso proprio come lo zio Ben, capisci? Tu hai idea di dove potrebbe essere?... Nonno? Mi hai sentito?».

Donald continuava a fissare davanti a sé, e non dava alcun segno di aver recepito nemmeno una parola.

«Nonno?» disse Jake, posandogli una mano sulla spalla.

Niente.

Jake non si arrese, volle tentare il tutto per tutto. Si guardò intorno per assicurarsi che nessuno lo stesse osservando, poi tirò fuori dallo zaino la Ernie Ball e la mise in grembo al vecchio. Prese le sue mani secche solcate da una miriade di vene sporgenti, e le avvolse intorno alla palla da baseball, proprio sopra le impronte lasciate dalla mano del figlio scomparso. All'inizio non accadde nulla, poi la Ernie Ball iniziò a emanare la sua luce pulsante.

Alla vista del bagliore azzurro, Rocket prese a scodinzolare e si sedette sulle zampe posteriori.

Jake vide gli occhi dell'anziano che da acquosi e spenti piano piano si riempivano di vita, come se a poco a poco la mente in letargo si stesse svegliando. Più la luce si spandeva e si allargava, più lo sguardo del vecchio riprendeva a brillare, lucido e presente come il nipote non l'aveva mai visto.

«Nonno?» lo chiamò Jake.

«Io... cosa... chi sei?»

A Jake venne la pelle d'oca: era la prima volta che sentiva la voce di suo nonno. Sembrava che avesse le corde vocali arrugginite.

«Sono Jake, tuo nipote. Il figlio di Victoria.»

«Jake» ripeté il vecchio, guardandolo come se fosse la prima volta che lo vedeva davvero.

Il ragazzo sorrise, felice per quella magia.

Ma poi lo sguardo dell'anziano si spostò dalla figura del nipote a qualcosa alle sue spalle, qualcosa verso le foreste di Wichita che solo lui sembrava intravedere.

«Ben... Ben... Figlio mio» sussurrò il vecchio fissando il limitare del bosco.

Jake notò che gli occhi del nonno si stavano riempiendo di lacrime. Che stesse vedendo l'ombra dello zio Ben?

«Nonno. Ho bisogno del tuo aiuto. Devo ritrovare il mio amico Mike, e credo che lo zio Ben mi stia dando una mano.»

Il nonno tornò a fissarlo. Nei suoi occhi Jake lesse un'angoscia infinita.

«Tu hai cercato lo zio per tanti anni. Sai qualcosa sulla leggenda del Goldberg? È lui che ha portato via i bambini di Stonebridge?» chiese Jake.

Non appena sentì la parola "Goldberg", il vecchio si portò le mani alla testa, spaventato. Così facendo, la palla scivolò e cadde a terra, smettendo all'istante di brillare.

E di colpo il vecchio tornò come era prima. Jake vide una lacrima colargli lungo la guancia e gliel'asciugò con la manica della maglia.

«Ehi, tutto a posto?» chiese sua madre, raggiungendoli.

Jake si affrettò a raccogliere la palla e rimetterla nello zaino.

«Sì, mamma, tutto okay» rispose, deluso, osservando il nonno che era di nuovo catatonico.

«Andiamo, riportiamo il nonno dentro. Sta per scoppiare un altro temporale.»

Jake annuì e seguì con lo sguardo la madre che spingeva la carrozzina.

Rocket gli leccò una mano, come per fargli coraggio, e Jake gli grattò la testa.

"Goldberg... Quando il nonno ha sentito questa parola ha tremato di paura. Magari anche lui aveva scoperto qualcosa su quella leggenda indiana..." pensò.

Sopra le foreste di Wichita si stavano addensando nubi sempre più scure, e lui si disse che forse tutte le risposte alle sue domande erano nascoste proprio in quei boschi tenebrosi.

18

Mentre tornavano a casa, Victoria decise di fermarsi in libreria per assicurarsi che tutte le finestre fossero ben chiuse. Non voleva rischiare che piovesse all'interno.

«Aspettami qui, Jake. Torno subito» disse, scendendo dall'auto.

«Okay.»

Per qualche minuto Jake rimase a studiare gli appunti che aveva preso sul quaderno, con Rocket che sonnecchiava sul sedile posteriore.

Quando alzò lo sguardo, vide una coppia di ragazzi sui vent'anni uscire da un vicolo buio, in fondo al quale si trovava il pub The Iron Horse. Subito gli venne in mente il vecchio Billy Bob Pumkee di cui gli aveva parlato Loretta.

Jake lanciò un'occhiata alla libreria. Vide entrare una cliente, che aveva trovato la porta aperta. Decise di approfittarne, anche se sua madre l'avrebbe sgridato.

«Rocket, vieni con me» disse togliendo le chiavi dal quadro. Fece scendere il labrador e chiuse l'auto. Si diresse verso il pub, che somigliava a un vecchio saloon, di quelli che si vedono nei film western. Il locale era in penombra, dato che il blackout non era ancora finito, e il barista aveva acceso qua e là varie candele, che però non risolvevano il problema. Dietro il bancone una miriade di bottiglie di alcolici scintillava del riflesso delle fiamme.

Come Jake aveva immaginato, Billy Bob Pumkee era stravaccato su una sedia in fondo al locale. Era solo, sul tavolino un grosso boccale di birra rossa. Il vecchio indiano era una sorta di gigante, e aveva un'aria decisamente minacciosa. Jake però voleva assolutamente sapere qualcosa di più sul Goldberg, così vinse la paura e si avvicinò. Rocket gli faceva da guardia del corpo.

«Cosa vuoi, nano?» chiese il nativo, con voce profonda.

«Buonasera. Avrei una domanda da farle» rispose Jake.

«Hai gli occhi di colore diverso. Proprio come certi lupi... Se la tua domanda è se puoi farti un selfie con me, scordatelo. Vatti a cercare un altro indiano, se ancora ne è rimasto qualcuno in questa maledetta città!»

Billy Bob puzzava di alcol. A Jake quell'odore faceva venire il voltastomaco, ma si fece forza. «Nossignore. Niente selfie. Ho solo una domanda su una vecchia leggenda indiana.»

«Quale leggenda?»

«Il Goldberg.»

L'indiano sputò per terra, come se Jake l'avesse offeso. «Goldberg è il nome che gli hanno dato gli schifosi visi pallidi, nano. Il suo vero nome è Rajzam!»

A quel suono, le fiamme delle candele fremettero, come se si fosse alzato un vento improvviso.

Il barista, un uomo dal volto bitorzoluto e sfregiato da una brutta cicatrice che gli solcava tutta la guancia destra, alzò gli occhi dal bancone e fissò il ragazzino con una strana espressione, come se di colpo Jake non fosse più il benvenuto là dentro.

«Rajzam?» ripeté Jake a bassa voce.

«Esattamente. Rajzam, il terrore dei musi bianchi.»

«Posso chiederle che cos'è?»

L'altro rise. «Che cos'è non te lo dico, ma c'è di che averne paura, credimi.»

«In che senso?»

«Nel senso che non devi ascoltare le fandonie di un vecchio ubriacone» si intromise una voce potente alle spalle di Jake, che si voltò e vide lo sceriffo Bud Malone incombere su di lui con la sua figura rocciosa, i grossi pollici a salsiccia appesi al cinturone in cuoio scuro. «Cosa diavolo ci fai qui dentro, Jake Mitchell? Questo non è un posto per ragazzini.»

«Io...»

«Fuori!» ordinò lo sceriffo. «E tu, Billy Bob, vedi di rigare dritto e vacci piano con la birra, se non vuoi passare la notte in cella, ci siamo capiti?»

Per tutta risposta il vecchio nativo sputò di nuovo per terra e lanciò a Jake un'occhiata di rabbia e diffidenza.

Lo sceriffo prese il ragazzo per una spalla e lo spinse fuori. Jake non sapeva perché, ma tra i due uomini non doveva correre buon sangue.

Nella mente continuava a riecheggiargli quella parola indiana: *Rajzam...*

19

Sua madre gli diede una sgridata che non avrebbe dimenticato facilmente. Lo sceriffo le aveva detto di tenerlo lontano dal pub e soprattutto da Billy Bob Pumkee. «A me non sembra così cattivo» lo difese Jake. «Jake! Discorso chiuso, okay? Non voglio più sentirne parlare.»

Victoria parcheggiò l'auto nel vialetto di casa e Jake e Rocket scesero, guardando entrambi il cielo nero che borbottava inquieto.

«Non ho mai visto un cielo così scuro.»

«Se devo dirti la verità, nemmeno io» disse la madre.

Jake, Victoria e Rocket stavano per entrare in casa quando sentirono delle voci. Si voltarono e videro tre ragazzini dell'età di Jake in bicicletta: erano suoi compagni di classe. Uno di loro reggeva sotto il braccio una mazza da baseball, gli altri avevano i guantoni da ricevitore. Erano Jimmy Doyle, Doug Peters e Ronnie Murray, e insieme a Mike e Jake formavano quella che Victoria chiamava la "squadra prati puliti", dato che, per mettere qualche soldo in tasca, i cinque d'estate si occupavano di tosare e pulire i giardini del vicinato così

come della consegna dei giornali, svegliandosi all'alba
e distribuendoli con lanci acrobatici direttamente dalle
bici, dividendosi equamente le strade e le case.

«Salve, signora Mitchell!» salutarono.

«Ciao, ragazzi.»

«Jake può venire a giocare un po' a baseball con noi?»

«Con questo tempaccio?» chiese la donna.

«Giusto il tempo di una partitina. A casa ci annoiamo.»

«Dove volevate andare?»

«Al parco qua dietro» rispose Jimmy Doyle, un ragazzino dai tratti orientali, riferendosi allo Stonebridge
City Park, il parco dove Jake e Mike andavano sempre
a fare qualche tiro.

«Ti va?» chiese Victoria sottovoce al figlio.

Lui annuì.

Victoria ci pensò su per qualche secondo, poi si disse
che in quella situazione così stressante, con la sparizione
del suo migliore amico, forse era meglio che Jake si sva-
gasse un po'. La città d'altronde era piena di poliziotti
e volontari che cercavano Mike, e allo stesso tempo davano la caccia ai tre evasi, che potevano essersi nascosti
nei boschi di Wichita.

«Va bene. Vai pure, ma tra un'ora esatta ti rivoglio a
casa, chiaro?»

«Okay, mamma.»

Mentre Jake correva a prendere la bici, Victoria
accarezzò Rocket e gli disse: «Controllali tu, cagnone,
intesi?».

Come al solito per tutta risposta il labrador le leccò
le mani.

Jake tornò, in sella alla sua Monster.

72

«Ehi, un'ora soltanto, e tenete gli occhi aperti, capito? Se vedete qualcuno di strano, tornate subito a casa. Va bene?»

«Sì, mamma.»

«Okay... Vai pure e divertiti.»

Scortato da Rocket, Jake Mitchell si unì ai suoi compagni di classe.

«Ciao, Jake» lo salutarono loro.

«Ciao, boys» rispose Jake.

I quattro schizzarono lungo Virginia Street seguiti dal fido Rocket che vegliava su di loro.

Intanto il cielo continuava a masticare fulmini.

20

La fama leggendaria della palla da baseball Ernie Ball derivava dal fatto che ne esistevano pochissimi esemplari. Prendeva il nome da Ernie McGuinness, il fenomenale lanciatore dei Wichita Giants – la squadra di baseball locale – che nel '75 aveva portato i Giants a vincere la Major League, unica volta nella storia. Ernie McGuinness deteneva ancora un record di velocità di lancio imbattuto da più di quarant'anni. I suoi lanci erano cannonate che mandavano col sedere all'aria i ricevitori. Gli avversari non vedevano nemmeno la palla: si ritrovavano a terra come se li avesse colpiti un proiettile. Quando Ernie saliva sul monte di lancio tutto lo stadio si alzava in piedi e applaudiva, tifosi delle squadre avversarie compresi. Ernie McGuinness non era un giocatore di baseball, era un vero e proprio idolo.

A Stonebridge, Wichita Falls e Riverside, in ogni bar, ristorante e negozio c'era una sua foto. Per ringraziarlo di aver portato i Wichita Giants a vincere il titolo nazionale e festeggiare quell'evento straordinario, il Municipio di Wichita aveva commissionato cento palle da baseball fatte a mano, che McGuinness aveva firmato personalmente davanti a tutto il paese in festa, per poi distribuirle ai bambini della zona. Lo zio di Jake era stato uno dei cento fortunati estratti a sorte. In città c'erano persone disposte a sborsare anche tremila dollari pur di possedere quella pallina, ma Jake non l'avrebbe venduta per niente al mondo: era l'unico ricordo di suo zio Ben.

Quando Jimmy, Doug e Ronnie videro la Ernie Ball di Jake rimasero a bocca aperta: quella palla era il sogno di ogni ragazzino di Stonebridge.

«Quella è una Ernie Ball?» domandò Jimmy, balbettando emozionato.

Jake sorrise. «Già.»

«Dove l'hai presa?» chiese Doug, avvicinandosi per guardarla meglio.

«Apparteneva a mio zio. Si chiamava Ben.»

«È morto?»

Jake si rabbuiò. «A dire il vero non lo so. Era uno dei bambini d'ombra.»

I compagni si zittirono e abbassarono il capo. Erano cresciuti con l'idea – inculcata dai genitori e dai nonni – che di quella tragedia non si dovesse parlare, come se anche solo a parlarne si corresse il rischio di fare la stessa fine.

«Posso toccarla?» chiesero tutti e tre, quasi in coro.

«Solo se mi date un dollaro a testa» rispose Jake, facendo l'occhiolino.

«Scemo» risposero gli altri, scoppiando a ridere.

Jake la lasciò toccare a tutti, e disse che per qualche inning potevano usare la Ernie Ball.

I quattro amici iniziarono a giocare prima che si rimettesse a piovere. Rocket faceva da raccattapalle, ogni volta che la palla finiva fuori dal diamante.

Jake si concentrò sul gioco e per un po' finalmente dimenticò la scomparsa di Mike e tutte le stranezze che stavano capitando da quelle parti. Anche i suoi amici si rendevano conto che in città stava succedendo qualcosa di misterioso. Perfino Rocket sembrava accorgersene, perché ogni tanto si fermava a guardare verso i boschi di Wichita, per poi abbaiare e ringhiare senza motivo.

Nessuno, però, sembrava avere il coraggio di andare davvero fino in fondo.

Nessuno, a parte Jake Mitchell.

21

Erano sul punto di concludere la partitella quando un gruppetto di ragazzi delle superiori attraversò il parco per andare a sedersi sulle panchine. Non avevano l'età per bere, ciononostante Jake vide che si mettevano a tracannare birra come se piovesse. Qualcuno di loro iniziò a fumare, e per un po' si limitarono a guardare Jake e gli altri giocare, senza disturbarli.

Jake si accorse subito che i suoi amici si erano innervositi. Conosceva anche lui quei ragazzi, e sapeva che erano degli insopportabili attaccabrighe, che prendevano di mira ragazzini più piccoli. Mike aveva coniato una definizione per gente del genere: "escrementi dementi".

Jimmy salì sul monte di lancio e fece partire una palla a effetto che però la mazza di Doug intercettò con facilità, spedendola proprio in direzione dei ragazzi più grandi. Ne colpì uno alla spalla, facendogli andare la birra di traverso. La bottiglia gli cadde di mano, rotolò per terra e la birra si rovesciò tutta sul prato.

Doug arrossì, gli tremavano le mani.

«Ehi! Ti sei bevuto il cervello?» gli gridò il ragazzo.

Si chiamava Joseph Gunn, ed era un vero bullo, una di quelle teste calde da cui era preferibile stare alla larga.

«Forse è meglio se ce ne andiamo, ragazzi» disse Jimmy agli altri.

«Prima devo riprendermi la palla» dichiarò Jake avviandosi verso la panchina.

«No, Jake, meglio di no» lo trattenne Ronnie, afferrandolo per un braccio.

«Sì, lascia perdere, Jake. Prendiamo le nostre cose e filiamocela» concordò Jimmy.

Doug non fiatava, era paralizzato dalla paura.

«Ehi, ciccione! Vieni qui a chiedere scusa!» gridò Joseph Gunn, mentre i suoi amici sghignazzavano. «Tutto quel grasso ti ha fritto il cervello?»

Jake guardò Doug: era ancora immobile, cristallizzato dal terrore. Perciò decise di intervenire: doveva riprendersi la palla; era troppo importante, e poi non voleva che quei ragazzi continuassero a umiliare il suo amico.

«Cominciate a salire in bici. Io vado a prendere la palla e ce ne andiamo» disse agli altri.

«Ma...»

Non li ascoltò e prese a camminare verso la panchina, nonostante avesse paura. Rocket lo raggiunse, e si mise al suo fianco. Il labrador, che solitamente era il cane più buono e tranquillo del mondo, in quel momento sembrava nervoso e teso, come se anche lui percepisse la tensione che sfrigolava nell'aria.

Si fermò davanti ai cinque ragazzi. Il più piccolo aveva sedici anni, il più grande diciotto, e lo guardavano con aria cattiva, strafottente.

«Mi dispiace se il mio amico ti ha colpito, non l'ha

fatto apposta» disse Jake. S'infilò una mano nella tasca dei jeans, e tirò fuori tre monete da un dollaro. «Ecco» disse porgendole a Joseph, «ricomprati la birra.»

Gunn guardò gli amici e poi gli rise in faccia, dopo aver sputato a pochi centimetri dalle Nike di Jake. «Non voglio la tua elemosina, rivoglio la mia birra fresca, quella che quel ciccione ritardato del tuo amico ha fatto cadere. Guarda che schifo!»

La bottiglia era coperta di fango.

«Tu la berresti?»

Jake scosse la testa.

«Io gliela farei bere, Joseph» disse uno degli altri. «Così la prossima volta i poppanti staranno più attenti.»

«Ottima idea!» disse Gunn, raccogliendo la bottiglia sporca e porgendola a Jake. «Fatti un bel sorso, e siamo pari.»

Rocket si mise a ringhiare.

Jake decise di ignorarli, e si chinò per raccogliere la palla da baseball, ma Joseph fu più veloce di lui e con uno scatto gliela soffiò, poi se la palleggiò tra le mani dai dorsi tatuati. Era alto almeno venti centimetri più di Jake, e a giudicare dalla muscolatura delle spalle doveva essere un giocatore di football. Se avesse deciso di suonargliele, Jake non avrebbe avuto nessuna speranza.

«Ehi, ma quella è una Ernie Ball!» esclamò uno degli altri bulli. «Dammela! È proprio una Ernie. Guarda, c'è l'autografo di McGuinness!»

«Da' qua!» disse Joseph Gunn, riprendendosela. «Accidenti, è vero! Be', direi che siamo a posto così, ragazzino. Io mi tengo la tua palla, e mi dimentico di quest'incidente.»

Jake si sentì andare a fuoco.

«Non se parla! Ridammi la palla» disse, deciso.

«Scordatelo! Riprenditi il tuo cane pulcioso e polverizzati, prima che cambi idea e ti faccia bere la birra direttamente dalla pozzanghera.»

Jake lo guardò e capì che quel tipo non aspettava altro che saltargli addosso per prenderlo a pugni.

"Ho bisogno d'aiuto, zio Ben" pensò Jake.

All'improvviso il vento cominciò a soffiare più forte, agitando le chiome degli alberi tutt'intorno al campo, e lungo il perimetro del diamante Jake intravide un esercito di ombre. Ombre di bambini.

Istintivamente, sorrise.

«Cos'hai da ridere?» s'imbufalì il bullo, caricando un pugno per colpirlo. Aveva la Ernie Ball nella mano sinistra, e quando Jake la vide brillare, capì che lo zio l'aveva ascoltato.

Prima che potesse assestare il colpo, Joseph Gunn sentì la mano sinistra andargli a fuoco: la palla era diventata incandescente, e la cosa peggiore era che non riusciva a lasciarla andare, come se gli si fosse incollata alla pelle.

Crollò in ginocchio, gridando terrorizzato, mentre gli amici lo guardavano con gli occhi sbarrati, senza capire cosa gli fosse preso.

Del fumo iniziò a salire dalla mano del ragazzo, insieme a un odore acre di carne bruciata.

«Ti avevo detto di restituirmela» sottolineò Jake, con un tono di voce cattivo.

«Ti prego, ti prego! Falla smettere, mi sta ustionando!» urlò il bullo.

Dopo qualche secondo Jake decise che poteva bastare. Si avvicinò al ragazzo e si riprese la Ernie Ball, che immediatamente riacquistò la sua temperatura normale. La mano del bullo era rossa e coperta di piaghe fumanti, come se avesse tenuto in mano dei carboni ardenti. Gli altri fissarono la mano bruciata, increduli. Jake si voltò e fece per tornare dai suoi amici, insieme a Rocket. Era di spalle, quindi non si accorse che il bullo aveva afferrato la bottiglia di birra per lanciargliela addosso. La bottiglia volò in aria, ma non centrò Jake, bensì la testa di Rocket, che guaì e crollò svenuto. Una macchia di sangue si allargò sul pelo ambrato dell'animale.

«Preso!» esclamò il bullo, euforico.

Gli occhi di Jake s'infiammarono. Si voltò di scatto verso i ragazzi sulla panchina e, imbestialito, caricò un lancio con tutta la forza che aveva. Mentre portava la Ernie Ball all'altezza della spalla, dalle sue mani scaturì una violenta luce celeste.

Jake non trattenne il tiro. Fu come se si fosse spalancata una diga di energia. Quello di Jake non era un lancio, ma una cannonata che s'infranse contro la panchina, riducendola in mille pezzi e facendo saltare in aria gli occupanti, che volarono via come se fossero stati investiti da un camion. Rimasero in aria per qualche secondo, prima di crollare a terra in un fragore di ossa lussate. Era come se fosse esploso un tuono al margine del campo. Un tuono che aveva lasciato un piccolo cratere sul terreno.

Jimmy, Doug e Ronnie erano sbigottiti.

La panchina ora era solo un ammasso di legna fumante. I bulli, invece, erano talmente indolenziti che non riuscivano nemmeno a rimettersi in piedi.

Quando Jake si avvicinò per recuperare la palla – che adesso era tornata normale – quelli indietreggiarono, come per paura che volesse picchiarli.

«Codardi» sibilò Jake tra i denti. Prese la palla e corse verso Rocket, che era ancora a terra. La bottiglia gli aveva causato una ferita dietro un orecchio, da cui usciva un rivolo di sangue. Il labrador non si era ancora ripreso.

«Tranquillo, bello. Ora ci penso io» gli disse Jake accarezzandolo con affetto. Posò la palla da baseball sopra la ferita sanguinante e chiuse gli occhi. La Ernie Ball s'illuminò di nuovo, e dalla pelle del cane sgorgò un filo di fumo azzurrognolo. Dopo qualche secondo Jake sollevò la palla, e la ferita, come per magia, era scomparsa: la palla, con il suo calore, aveva fatto rimarginare il taglio, bloccando l'emorragia. Rocket riaprì gli occhi di scatto e si rimise in piedi. Era tornato come nuovo.

Jake sorrise e lo coccolò.

"Grazie, zio Ben" pensò, accarezzando il muso del labrador.

I cinque prepotenti erano ancora a terra, increduli e doloranti. La mano di Joseph sanguinava, ma Jake non aveva nessuna intenzione di guarirgliela, non se lo meritava.

Quando Jake raggiunse i suoi amici, quelli lo abbracciarono e lo accolsero come se fosse Ernie McGuinness in persona.

«Cavoli, bro! Hai lanciato una cannonata, ma come cavolo hai fatto?» chiese Jimmy, massaggiandogli le spalle, come se fosse un campione di baseball.

«Li hai conciati per le feste, Jake. Wow!» esclamò Ronnie, dandogli una pacca sulla schiena.

«Hai ridotto in briciole la panchina!» gridò Doug, eccitato. «Avete capito, idioti?» gridò poi ai bulli. «Meglio non far arrabbiare il mio amico! E ora potete pure baciarmi le mie grasse chiappe!»

E così facendo Doug si abbassò i pantaloni e mostrò il sedere brufoloso ai cinque "escrementi dementi", che si tenevano le braccia doloranti.

Jake, Jimmy e Ronnie scoppiarono a ridere, e Rocket si unì all'esultanza con un allegro abbaiare.

«Che schifo, Doug! Rivestiti, mi fai venire voglia di vomitare» si lamentò Ronnie.

22

Prima di tornare a casa, dopo essersi separato da Jimmy e gli altri, Jake fece inversione e pedalò verso Hillside Road, fermandosi davanti a casa di Courtney.

L'aria era fredda, e il vento si era fatto tagliente. Jake pensò a Mike e sperò che le squadre di ricerca l'avessero trovato.

Raccolse un sassolino da terra e lo lanciò contro la finestra di Courtney. Lei si affacciò quasi subito e gli sorrise. Si portò l'indice alla bocca per dirgli di fare silenzio, e dopo un minuto lo raggiunse fuori, passando dalla porta di servizio, che dava sul cortile dietro la casa.

«Non parliamo qui. Vieni, in fondo alla strada c'è un parchetto... Ciao, Rocket!» disse Courtney, accarezzando il labrador.

Giunti al piccolo parco, Jake appoggiò la Monster contro il tronco di un albero, poi entrambi si sedettero sui seggiolini di una vecchia altalena malconcia. Il vento aveva scrollato talmente tanto gli alberi che il terreno era un tappeto di aghi di pino e foglie bagnate. L'aria era gravida di umidità e il cielo continuava a ribollire.

«Notizie di Mike?» chiese Courtney.

«Ancora niente» rispose Jake.

«Mio padre dice che sta per scatenarsi un uragano. Per questo un sacco di gente sta lasciando la città. Hanno paura del maltempo e di quei tre evasi. Spero tanto che Mike lo trovino prima.»

«Già... Senti, volevo chiederti per stasera: sei ancora dell'idea di venire?»

Courtney sembrò pensarci su. Le venivano i brividi, se pensava alla notte prima, e per tutto il giorno non aveva fatto altro che rimuginare sui rischi che avevano corso; però non voleva mollare Jake da solo in quei boschi impressionanti.

«Certo che ci vengo.»

«Okay... Stessa ora?»

«Sì, stessa ora davanti a casa tua, e speriamo che non ci scoprano altrimenti siamo davvero nella merda.»

Rimasero a dondolarsi per qualche secondo, mentre Rocket si rotolava sul terreno.

«Hai fatto qualche altro sogno?» chiese Jake d'improvviso.

Courtney annuì, anche se sembrava restia a parlarne.

«E...?»

«Tutti gli animali del bosco invadevano la città. Lupi, insetti, pipistrelli, corvi. I cani e i gatti impazzivano, e la gente si rinchiudeva in casa...»

«Speriamo che non sia stato un sogno premonitore...»

In quel preciso istante, un fulmine sembrò spaccare il cielo.

«Ti conviene andare, altrimenti ti lavi un'altra volta.»

Jake annuì e montò in sella alla Remex Monster.

«Okay. A dopo, allora.»

«Certo. A dopo.»

Courtney lo seguì con lo sguardo mentre percorreva a razzo Hillside Road, seguito da Rocket che correva. Per un attimo osservò le montagne di Wichita, in lontananza, poi si avviò sul marciapiede, verso casa.

A qualche decina di metri da lei, si accese un motore e una macchina iniziò a seguirla.

23

Jake scrutava Virginia Street dalla finestra della sua stanza. Pioveva talmente forte che tombini e caditoie non riuscivano a scaricare tutta quell'acqua, che veniva risputata indietro a pressione, formando getti e fontanelle che inondavano le strade. I topi, terrorizzati, fuggivano ovunque.

Suo padre era rientrato da un po'. Le ricerche erano state di nuovo interrotte per via del maltempo. Di Mike ancora nessuna traccia, degli evasi neppure. I cani da caccia non riuscivano a individuare gli odori perché i temporali degli ultimi giorni avevano cancellato qualsiasi scia.

Prima di cena, con i suoi aveva riportato Rocket a casa dei Coben. I genitori di Mike erano distrutti dal dolore e dalla preoccupazione; avevano abbracciato Jake, disperati. Gli era venuto da piangere, ma si era trattenuto per non sconvolgerli di più.

Per tirarlo su di morale, i suoi genitori l'avevano portato a cena in centro, alla Roddy's Steak House, dove si mangiava la carne più buona di Stonebridge. Gli avevano servito una bistecca di manzo alta tre dita, con una montagna di patatine fritte e una cascata di ketchup e maionese. Nonostante quelle delizie, però, Jake aveva parlato pochissimo. Era angosciato per Mike, e aveva una paura folle che lo sceriffo facesse irruzione nel ristorante per arrestarlo, dopo ciò che aveva fatto al parco. Ma non era venuto nessuno.

Negozi e ristoranti erano illuminati solo all'interno, dov'erano entrati in funzione i generatori d'emergenza. Le insegne, le vetrine e tutti i lampioni erano spenti, e per tornare alla macchina dovettero farsi luce con le torce dei cellulari. Le strade erano deserte e mentre tornavano a casa, Jake vide varie persone inchiodare assi di legno alle finestre delle case, per rinforzarle.

«Cosa stanno facendo, papà?» chiese.

«Si stanno proteggendo dalla pioggia e dal vento. Hanno paura che qualche oggetto, rami degli alberi spezzati, lattine abbandonate, possano volare e rompere i vetri» rispose suo padre.

«Secondo te dobbiamo farlo anche noi?»

«Non credo. Non ancora, perlomeno. Vediamo come andrà stanotte.»

Una volta in camera, Jake pensò alla sua missione notturna con Courtney, preoccupato che il maltempo potesse mandare tutto all'aria, quando sua madre bussò ed entrò in camera.

«Ciao, tesoro. Tutto bene?» gli chiese.

«Sì.»

«Sei preoccupato per Mike, vero?»

«Sì.»

«Ne vuoi parlare?»

«No, ma'. Sono stanco.»

«Va bene... Lavati i denti e poi dritto a dormire, allora.» Jake si alzò dal letto e quando le passò vicino lei gli scompigliò i capelli. Si chiuse in bagno e pensò che avrebbe dovuto aspettare almeno un'ora prima di uscire. Avrebbe potuto calarsi dalla finestra solo quando fosse stato certo che i suoi stavano dormendo.

Spremette il dentifricio sullo spazzolino e alzando gli occhi verso lo specchio un brivido gli fece cadere tutto di mano.

Nello specchio, accanto alla sua immagine riflessa, per un attimo aveva visto il volto di Mike.

Si stropicciò gli occhi, incredulo e praticamente certo che fosse stata un'allucinazione, ma quando ebbe il coraggio di guardare di nuovo lo specchio il volto di Mike era ancora lì che lo fissava con uno sguardo accusatorio, come se Jake non stesse facendo abbastanza per trovarlo.

«Mi-Mike...» sussurrò.

L'immagine dell'amico non si mosse di un millimetro.

In preda al terrore, Jake si voltò lentamente per vedere se l'amico si fosse materializzato alle sue spalle, ma non vide nulla, a parte la parete del bagno.

Tornò a voltarsi e Mike era sempre lì, come se fosse intrappolato nello specchio.

Prima che Jake potesse anche solo aprire bocca, il vetro si crepò, per poi scoppiare in mille frammenti che caddero tintinnando nel lavandino.

Jake si allungò in avanti, cauto, quasi che temesse di vedere riflesso nelle schegge dello specchio il suo amico, ma i frammenti acuminati riflettevano solo la sua immagine deformata.

"Forse stava cercando di comunicare con me. Se è così è un fatto positivo: significa che è ancora vivo!" fu il suo primo pensiero.

I colpi alla porta del bagno lo fecero sobbalzare, ma si rilassò quando gli giunse la voce di sua madre.

«Jake! Che succede? Tutto bene? Ho sentito un rumore...»

«Sì, mamma, non è niente.»

"Ora però devi trovare una bella scusa per giustificare questo casino" si disse il ragazzo osservando lo specchio in frantumi.

24

Jake controllò per l'ennesima volta l'orologio, e vide che finalmente era l'ora di andare. Si preparò come aveva fatto la notte prima, aprì la finestra, scavalcò il davanzale e fu fuori, sul tetto.

"Se mi scoprono, mi fanno lo scalpo, come minimo" pensò, allargando le braccia per non perdere l'equilibrio. Raggiunse il canale di scolo della grondaia, e lentamente si calò a terra.

Dopodiché aspettò Courtney per oltre dieci minuti, invano. Il vento era fortissimo. Ma almeno aveva smesso di piovere, anche se l'acqua continuava a sgorgare dai tombini. I tuoni rombavano, ininterrottamente, come se la città fosse sotto assedio aereo, quasi che si trovassero in una zona di guerra. Le strade erano costellate di crepe e spaccature da cui sgusciavano ratti e grossi ragni, e parecchi alberi caduti sbarravano il passaggio alle auto. Il blackout non si era ancora risolto, e guardandosi intorno, Jake realizzò che non aveva mai visto la sua città così spettrale. Stava cominciando sul serio a considerare che Stonebridge fosse vittima di un sortilegio, e che tutti loro vi fossero invischiati senza speranza.

"Piantala di pensare cazzate. L'unico di cui ti devi preoccupare adesso è Mike" provò a imporsi, stringendo la Ernie Ball.

Guardò di nuovo l'orologio. Ormai Courtney era in ritardo di un quarto d'ora abbondante.

"Non verrà più" rifletté Jake. "Magari i suoi l'hanno beccata e non l'hanno fatta uscire. Meglio che te ne vai, prima che qualcuno becchi anche te."

Stava per uscire dalla veranda, quando notò una sagoma imponente al riparo sotto un albero dall'altra parte della strada.

Rimase impietrito, perché si rese conto che era un uomo e che stava guardando proprio lui.

Stava per rientrare di corsa in casa, spaventato, ma appena l'uomo fece un passo avanti, lo riconobbe. Era Billy Bob Pumkee. Nonostante l'aria pungente, il vecchio nativo indossava soltanto un gilet di pelle nera sul torso nudo e muscoloso.

«Ti interessa ancora sapere qualcosa sul Rajzam?» domandò.

Jake annuì.

«Andiamo a farci due chiacchiere, allora» disse Pumkee calcandosi sulla testa un cappellaccio nero, decorato da tante piume d'aquila.

Jake si chiese se fosse una buona idea parlare con lui. Lo sceriffo l'aveva messo in guardia su Billy Bob: secondo lui non era un tipo raccomandabile, ed era meglio starne alla larga.

Ma la curiosità di sapere qualcosa di più sul Goldberg, o Rajzam, come l'aveva chiamato l'indiano, era troppa.

25

Si sedettero su una panchina nella piazza davanti alla chiesa di St. Catherine, un angolo isolato, senza case intorno, dove avrebbero potuto parlare in pace, e inosservati, soprattutto.

«Sta accadendo di nuovo» esordì il vecchio, dopo aver buttato giù un sorso di whisky dalla fiaschetta, osservando il cielo burrascoso.

«Cosa?»

«Vedi la città? Ti sembra normale?»

Jake scosse la testa.

«Ecco, appunto. È perché sta arrivando Rajzam. Sta tornando a pretendere ciò che gli spetta, e questo che vedi, tutte queste nubi, il buio, i fulmini, il freddo d'estate, gli animali che escono dai boschi... sono tutti segnali del suo arrivo.»

«Ma cos'è questo Rajzam?» chiese Jake.

Billy Bob scrollò il capo e sputò per terra. Lo sferragliare di un treno merci notturno lo costrinse a rimanere in silenzio per qualche secondo, e Jake ebbe così l'occasione di osservarlo meglio. Era un omone dai muscoli possenti. Se avesse voluto fargli del male, lui non avrebbe avuto la minima possibilità di impedirglielo.

«Se vuoi davvero capire cos'è e cosa sta succedendo, devi avere pazienza, perché dobbiamo tornare indietro nel tempo, a più di cinquecento anni fa. Sai chi erano i colonizzatori?»

«Gli inglesi e i francesi che dall'Europa vennero in questi territori per occuparli» rispose Jake. Aveva studiato a scuola le guerre tra nativi indiani e coloni inglesi perché molte di quelle battaglie erano avvenute proprio nell'attuale Stato di Birmington, e in particolare nelle zone di Wichita Falls e Stonebridge.

«Esatto. Gente violenta e spietata, convinta che l'unico modo per prendersi queste terre fosse ammazzare tutti quelli che ci abitavano. E così fecero: annientarono intere tribù di Apache, Sioux, Cheyenne e Kiowa... Erano popolazioni di guerrieri nobili e valorosi, ma i musi bianchi avevano fucili e pistole, e cannoni e polvere da sparo a volontà. Poi arrivarono anche le mitragliatrici, mentre i miei antenati avevano solo archi e frecce, lance e coltelli. Non avevano la minima possibilità. Morirono come mosche, e ci fu un momento in cui i capi tribù pensarono che l'uomo bianco avrebbe cancellato la nostra civiltà dalla faccia della Terra. Compresero che se volevano salvare il loro popolo dovevano fare qualcosa, anche ricorrere a una soluzione estrema.»

Billy Bob si accese una vecchia pipa e tirò una profonda boccata di fumo, che risputò fuori sotto forma di piccoli anelli di vapore.

«Fu così che si decise di ricorrere agli spiriti.»

«Gli spiriti?»

«Già. Devi sapere che una parte della nostra civiltà credeva nel mondo delle ombre. Il mondo delle ombre si trova proprio in mezzo tra il regno dei vivi e quello dei morti. È il posto dove si trovano gli spiriti. Spiriti buoni e spiriti cattivi, vecchi come e più della Terra stessa... Quello che era stato scelto come capo di tutte le tribù, Falco della notte, questo era il suo nome, convocò gli sciamani più potenti, perché invocassero uno spirito che potesse aiutarli a spazzare via i colonizzatori assassini.»

«Wow...»

«I quattro sacrificarono alcuni dei pochi bisonti rimasti in vita, e decisero di invocare lo spirito più potente, che però era anche quello più difficile da controllare: Rajzam, o "demone delle caverne". Pensa che il rito per invocarlo fu così duro e doloroso, che gli stessi sciamani ne morirono... Ma il demone arrivò. Spazzò via tutti gli accampamenti militari, portò malattie incurabili, distrusse gli insediamenti dei coloni, bruciando le loro tende, avvelenando i laghi e i fiumi dove gli inglesi si dissetavano, facendo cadere fulmini e piogge torrenziali per mesi e mesi, finché gli invasori – quei pochi rimasti in vita – furono costretti a scappare. I musi bianchi non sapevano cosa stesse succedendo, e diedero a quella tragedia il nome di Goldberg. In realtà, Rajzam, lo spirito delle caverne, aveva fatto ciò per cui era stato chiamato, ma ora che i vecchi sciamani erano morti, non c'era più nessuno in grado di controllarlo.»

Jake era affascinato da quella storia che sembrava pazzesca, ma a giudicare dallo sguardo e dal tono di voce di Billy Bob Pumkee doveva essere accaduta sul serio.

«Quell'insediamento indiano si chiamava Alhmuth, e

corrisponde all'attuale Stonebridge. Rajzam stabilì che, per ringraziarlo di averli salvati, ogni trent'anni gli abitanti del villaggio avrebbero dovuto sacrificare per lui tre bambini sotto i tredici anni.»

Jake si sentì gelare.

«Se non l'avessero fatto, Rajzam sarebbe tornato e si sarebbe preso tutti i bambini sotto i tredici anni.»

«Oddio, no...» sussurrò Jake, terrorizzato.

«Già. Eppure andò così... Gli sciamani avevano fatto un errore enorme evocandolo. Rajzam è come un cavallo pazzo: totalmente imprevedibile e indomabile.»

«Quindi nell'estate dell'84...»

«Nessuno ebbe il coraggio di scegliere e sacrificare tre bambini, o forse a Stonebridge nessuno credeva più a quella "stupida leggenda", ma Rajzam tornò e fece ciò che aveva promesso.»

«Perché nessuno ne ha mai parlato? Perché nessuno ha tirato fuori questa vecchia leggenda?» domandò Jake.

«Perché oggi nessuno crede più alla magia. Io ci ho provato, ma le mie parole sono state considerate solo vaneggiamenti, le stupide superstizioni indiane di uno che beveva troppo. Non era vero, allora, ma poi ho cominciato a bere sul serio, e ho perso ogni credibilità.»

L'indiano si fece triste, gli si riempirono gli occhi di lacrime. Jake provò pena per lui.

«Perché li hanno chiamati "bambini d'ombra"?»

«Perché lo spirito non li uccide, in realtà, ma li porta con sé nel regno delle ombre, nel profondo delle caverne, nel sottosuolo. Porta via i loro corpi perché è da quelli che trae energia e vitalità, però le loro anime sono libere di vagare sulla Terra sotto forma di ombre. Ma resteranno prigionieri di Rajzam per l'eternità.»

«Ma scusa... quindi Mike potrebbe essere stato rapito per finire sacrificato al Rajzam?» rimuginò Jake.

«Sei intelligente, Jake dagli occhi diversi. E sei anche coraggioso, si vede. Il ragazzino che è sparito lo conosci?»

«È il mio migliore amico.»

«Mi dispiace» disse Pumkee.

«Chi può essere stato?»

«Non lo so. Qualcuno che conosce la leggenda, di certo. Qualcuno che vuole salvare gli altri bambini della città.»

«Perciò ne spariranno ancora?»

Billy Bob annuì. «Almeno altri due, se si vuole placare lo spirito delle caverne... E tutte queste intemperie fuori stagione sono il suo segnale per dire che sta per venire a prendersi ciò che gli spetta, se il sacrificio non sarà portato a termine. A giudicare da quanto sono minacciose queste nubi, credo che aspetterà al massimo un altro giorno prima di prendersi di nuovo tutti i bambini di Stonebridge. A meno che qualcuno non gli consegni prima i tre da sacrificare. Solo così se ne tornerà nelle profondità della terra per altri tre decenni.»

«Mike non deve morire... Non c'è un altro sistema per fermare Rajzam?» Jake era angosciato.

«L'unico modo sarebbe invocare uno spirito forte come lui, in grado di ricacciarlo per sempre da dov'è venuto, ma gli sciamani non esistono più, e nessuno conosce i rituali per evocare gli spiriti della Terra, nemmeno io.»

Jake chinò il capo, abbattuto.

«Non devi perdere la speranza. Ci sono leggende su grandi sciamani nati con gli occhi diversi e destinati a grandi cose. Chissà, anche se dalla carnagione e dai capelli non si direbbe, magari nelle tue vene scorre sangue indiano... Forse la magia è dentro di te. Forse sarai tu la salvezza, o forse è già troppo tardi.»

Jake pensò alla Ernie Ball e alla luce azzurra che sprigionava quando era lui a maneggiarla: possibile che quel potere non risiedesse nella pallina in sé, ma dentro di lui? Avrebbe voluto parlarne al vecchio nativo, ma non si fidava ancora del tutto.

Un boato poderoso esplose nel cielo. Un altro fulmine. In lontananza si udì un gracchiare di corvi e un ululato di lupi. Le foglie turbinavano impazzite nell'aria.

«È ora di tornarsene a casa, ragazzo» disse Billy Bob, alzandosi.

«Dimmi come faccio a salvare Mike! Aiutami, ti prego.»

«Se davvero hai sangue di sciamano indiano nelle vene, Jake Mitchell, troverai la risposta *dentro di te*... Nessun altro può farlo al posto tuo» rispose il vecchio, mentre si allontanava.

Jake lo seguì con lo sguardo. Era confuso e sconvolto. Ma se non altro ora il mistero di Stonebridge era meno oscuro. Sempre che gli avesse raccontato la verità.

Jake risalì in bici e pedalò verso casa, senza accorgersi della persona che li aveva spiati nell'ombra e poi aveva seguito Billy Bob.

26

Jake stava pedalando lungo Arcady Hill Road, deserta, quando udì il frenetico abbaiare di un cane. Frenò di scatto e tese l'orecchio. Il latrato era piuttosto vicino, così cambiò direzione e pedalò a tutta birra, incuriosito. Quando svoltò su Railroad Avenue, che portava verso la vecchia ferrovia abbandonata, si trovò davanti una scena che lo fece rabbrividire: Rocket era in un sottopassaggio in cemento e aveva una zampa incastrata in una crepa nell'asfalto. Era lui ad abbaiare, perché non riusciva a liberarsi, ma non solo per quello.

A pochi metri di distanza, tre lupi lo circondavano, sguainando le zanne aguzze, pronti a sbranarlo. Era strano che si fossero spinti fuori dal bosco, ma questo non faceva che confermare il racconto di Billy Bob: la natura si stava rivoltando.

Il labrador doveva essere scappato di nuovo e aveva cercato di seguire l'odore di Jake, per raggiungerlo, ma era finito in trappola.

«Rocket!» gridò Jake, ancora in sella alla bici.

Il labrador si voltò di scatto e, con gli occhioni ingigantiti dalla paura, sembrò implorare il suo aiuto. Da altri squarci nel terreno stavano uscendo decine di ragni mostruosi, ognuno grosso almeno quanto la sua palla da baseball. Se anche solo uno avesse morsicato Rocket, il cane sarebbe morto avvelenato fra atroci dolori.

No, Jake non poteva permetterlo.

Tirò fuori la Ernie Ball, che cominciò all'istante a pulsare di luce. L'onda di energia gli fece tremare la mano e il telaio della bici iniziò a vibrare. Ma Jake aveva paura di lanciare la palla, perché temeva di fare del male anche a Rocket. Dalla Ernie Ball iniziarono a scaturire scariche elettriche a raffica, e il ragazzo si sentì pervadere da ondate di calore sempre più intense. Non sarebbe riuscito a trattenere tutta quell'energia ancora per molto.

I lupi, però, si stavano avvicinando al cane. Avevano tutti la bava alla bocca, come se la rabbia li avesse fatti impazzire.

Non c'era tempo da perdere.

Jake alzò la Ernie Ball verso il cielo e osservò il cielo in tempesta. Chiuse gli occhi. Trattenere la sfera di energia – che ora aveva assunto le dimensioni della ruota di una macchina – era una fatica quasi insostenibile.

Il cielo rombò più forte. Un raggio di luce scaturì dalla palla e sembrò fendere la notte, serpeggiante verso le nubi burrascose.

«Rocket! Giù!» gridò il ragazzo.

Il cane capì e si acquattò.

Nello stesso momento un fulmine lacerò l'aria e cadde proprio sul globo di energia azzurra che circondava la Ernie Ball, come se Jake avesse voluto catturare la saetta. Il suo cuore perse un battito.

Rocket abbaiò, spaventato.

Gli occhi di Jake s'infiammarono di una luce viola elettrico. L'energia era così potente che il suo corpo si era librato in aria, e ora fluttuava a circa un metro d'altezza.

I lupi smisero di ringhiare all'istante, gli occhi fissi su di lui. Fecero per scappare.

Ma era troppo tardi.

Jake lanciò un urlo e scagliò la Ernie Ball contro le belve. Dalle sue mani scaturì un flusso di energia accecante, ancora più distruttivo per la forza della folgore.

La tempesta elettrica spazzò via i ragni e i lupi, distruggendo il sottopassaggio come se fosse fatto di cartapesta.

Il ragazzo crollò a terra, sfinito. Gli tremavano i muscoli per lo sforzo, ma ne era valsa la pena: vide le orecchie di Rocket sollevarsi, poi quel fifone iniziò a scodinzolare. Era sano e salvo.

Jake si alzò a fatica e si avvicinò al cane per aiutarlo a liberarsi, e Rocket gli saltò addosso, dandogli grandi leccate in faccia per ringraziarlo.

«Okay, okay, ho capito che sei contento. Ma adesso basta, che schifo!» protestò Jake, tenendolo a distanza e asciugandosi la faccia dalla bava del cane.

«Vai a prendere la palla!» gli ordinò.

Senza farselo ripetere, il labrador schizzò nel buio.

Dopo qualche secondo, Jake udì il familiare scalpiccio delle zampe.

«Rocket, allora? Muoviti. Ho paura a stare qui. Andiamocene. I lupi potrebbero tornare.»

Un istante dopo, Jake vide il labrador.

Indietreggiava, dandogli le spalle, ed emetteva un ringhio sordo.

Il lupo più grosso che avesse mai visto, nero come il buio dell'inferno, avanzava lentamente.

Aveva gli occhi rosso fuoco.

La bocca schiumava.

E stringeva fra le zanne la Ernie Ball.

27

Jake non sapeva come uscire da quell'incubo.

Pensò che l'idea più intelligente fosse quella di scappare, ma Rocket era troppo vicino a quella bestia mostruosa per farla franca, e lui non poteva certo abbandonare la Ernie Ball. Senza la palla dello zio Ben ritrovare Mike sarebbe stato impossibile.

«Rocket! Muoviti, vieni qui!» gridò il ragazzo montando in sella alla Monster.

Ma il cane continuava a zampettare all'indietro molto lentamente, gli occhi incollati a quelli rosso fuoco del lupo. Nonostante la distanza, si vedeva che Rocket tremava per la paura.

«Jake, togliti!» gridò una voce familiare dalla cima della collina.

Un secondo dopo tre pietre sfrecciarono nell'aria centrando il lupo sul muso.

Jake riconobbe la voce di Jimmy.

Dall'alto una pioggia di pietre colpì il lupo, che guaì di dolore.

«Rocket, idiota d'un cane, allontanati da lì!» urlò Doug da qualche parte nel buio.

Altri sassi centrarono la belva, che d'istinto ringhiò spalancando le terribili fauci. La palla cadde sul terreno e, mentre il lupo cercava di capire da dove stessero arrivando i colpi, fulmineo Rocket afferrò la Ernie Ball e schizzò in direzione di Jake.

«Adesso, ragazzi!» gridò Ronnie.

Una nuova raffica di pietre colpì il lupo, ferendolo a un occhio.

Dopo un istante di sorpresa, Jake aveva lasciato la bici e si era messo a correre verso Rocket, che filava a perdifiato dalla sua parte, con la palla in bocca.

«Siamo qui, mostro di merda!» gridarono i ragazzi al sicuro sull'altura, prima di scaricare un'altra gragnola di sassi.

Solo uno riuscì a colpire il lupo, che stavolta si girò inferocito, prima di partire all'attacco verso di loro.

Jimmy, Doug e Ronnie urlarono terrorizzati, e scapparono.

Intanto Rocket era riuscito a raggiungere Jake, che afferrò al volo la Ernie Ball. Appena fu tra le sue mani, la palla cominciò a brillare.

«Ehi!» gridò Jake al lupo.

Quello si voltò e rimase a fissare il ragazzo avvolto da un'intensa luce azzurra.

«Mangiati questa!» urlò Jake, lanciando la Ernie Ball con tutte le sue forze.

Il lupo venne travolto dall'ondata di energia, che lo ridusse in cenere, creando una grossa buca nel terreno.

«Wooowww!» gridarono tutti insieme gli amici di Jake.

«Rocket, vai a prendere la palla! E muoviti, questa volta!» ordinò Jake.

Il labrador schizzò su per la collina.

«Ragazzi, sbrigatevi, ce ne dobbiamo andare di qui! Potrebbero essercene altri!» gridò Jake, riprendendo la bici.

I tre non se lo fecero ripetere e scesero a rotta di collo giù per il terreno scosceso.

«Mi avete salvato le chiappe, grazie!» disse Jake dando il cinque a tutti. «Come avete fatto a trovarmi?»

«Te lo raccontiamo dopo, adesso gambe in spalla e pedalare!» disse Jimmy.

«Forza, Rocket!» gridò Doug guardandosi intorno. Il buio sembrava pullulare di altre belve. «Dài, bello, dài!»

Rocket finalmente li raggiunse e restituì la palla a Jake, che scattò per primo, facendo strada agli altri.

Dopo un centinaio di metri, i quattro ragazzi si misero a ridere e gridare come matti, esultando per lo scampato pericolo.

28

«Allora? Cosa cavolo siete venuti a fare?» domandò Jake mentre pedalavano verso casa.

«A parte salvarti le chiappe, intendi?» replicò Doug con un sorriso.

«Scemo... Allora?»

«Stanotte ci siamo detti che non potevamo lasciare Mike. Volevamo provare a cercarlo, così ci siamo preparati, abbiamo preso le fionde e siamo venuti da te. Ti abbiamo lanciato qualche sasso contro la finestra, ma non hai risposto. Allora abbiamo capito che non c'eri, che avevi avuto la nostra stessa idea» raccontò Ronnie.

«Perciò siamo venuti a cercarti» continuò Doug. «Stavamo per rinunciare, quando abbiamo visto vicino alla vecchia ferrovia una palla d'energia blu, poi un fulmine e un'esplosione. Abbiamo capito che dovevi essere tu, perché era la stessa luce che la palla aveva sprigionato al campetto da baseball. Non eravamo lontani, e ti abbiamo raggiunto.»

«Abbiamo visto che tu e Rocket eravate nei guai» riprese Jimmy, «quindi ci siamo piazzati sulla collina, abbiamo tirato fuori le fionde e abbiamo provato a darti una mano.»

«Direi proprio che ci siete riusciti, boys. Grazie!»

«Tu hai notizie di Mike?» chiese Ronnie.

Jake stava per raccontare del riflesso che aveva visto nello specchio, ma non voleva che lo prendessero per matto, così evitò.

«Zero. E voi?»

«Niente.»

«Per caso avete visto Courtney in giro?» si informò Jake.

«Intendi Courtney Kent? No, perché?» chiese Jimmy.

«Doveva venire anche lei a cercare Mike, stasera, però non si è fatta vedere.»

«Avrà avuto paura, o i suoi l'avranno beccata mentre usciva di nascosto e l'hanno chiusa in casa» suggerì Ronnie.

«Può essere» fece Jake. «Ragazzi, per quanto riguarda ciò che avete visto, la palla, e l'energia…»

«Non c'è bisogno nemmeno di dirlo, Jake. Terremo la bocca chiusa» lo interruppe Jimmy.

«Sigillata» disse Doug.

«Tappata» disse Ronnie.

«Grazie.»

«Però domani ci racconti tutto, okay?» disse Jimmy.

«Promesso.»

«Da dove viene tutto quel potere, secondo te?» domandò Ronnie. «Intendo la Ernie Ball. Cosa la rende così?»

«Magica?» gli venne in aiuto Jimmy.

«Non lo so… È come se stesse tra un mondo e un altro. Un tramite, ecco» disse Jake.

«Una sorta di *stargate*?» domandò Doug.

«Qualcosa del genere.»

«Wow... Adoro questi misteri fantascientifici.»

I quattro amici continuarono a pedalare facendosi luce con le torce fissate alle Monster, seguiti da Rocket, che correva dietro di loro con la lingua penzoloni.

Si separarono quando raggiunsero la periferia di Stonebridge. Si diedero appuntamento per l'indomani, e ognuno proseguì per la propria strada.

Giunto a casa, Jake controllò il vicinato in cerca di Courtney, ma non la trovò. Probabilmente gli altri avevano ragione.

«Oh, Rocket, apri bene le orecchie» sussurrò al cane afferrandogli la testa e guardandolo negli occhioni nocciola. «Ora devi tornartene a casa, altrimenti i miei mi scoprono, e non potrò più cercare Mike, hai capito?»

Lui sbatté le palpebre e cercò di leccargli la faccia. Non aveva nessuna intenzione di separarsi da Jake.

«Rocket, cavolo, tornatene a casa, okay? Ci vediamo domani.»

Finalmente riuscì a convincerlo. Il labrador se ne andò scodinzolando.

Jake nascose la bici e gli stivali nel gabbiotto degli attrezzi, in giardino, e si arrampicò su per il canale di scolo della grondaia, cercando di non far rumore.

Una volta al sicuro in camera sua, si spogliò e scrutò la Ernie Ball, ripensando alle parole di Billy Bob. Ora aveva un possibile movente per la sparizione di Mike: qualcuno voleva sacrificare lui e altri due bambini a Rajzam, per impedire che il demone si portasse via tutti i bambini di Stonebridge come era accaduto nel 1984.

Non poteva permettere che nessuna delle due cose accadesse: doveva ritrovare e liberare Mike, e al tempo stesso impedire a Rajzam di vendicarsi.

Ma come?

"Un buon punto di partenza sarebbe scoprire chi ha rapito Mike" pensò, anche se sarebbe stato molto complicato: nessuno avrebbe creduto alla storia di Billy Bob; gli unici che sarebbero stati dalla sua parte erano Jimmy, Doug, Ronnie e Courtney.

29

Jake si svegliò di soprassalto per il trambusto al piano di sotto. S'infilò una maglietta degli Avengers e saltò fuori dal letto, nascondendo la Ernie Ball sotto il cuscino. Doveva essere mattina, ma il cielo era scuro come se fosse notte. Fuori dalla finestra il vento ululava spazzando le strade e facendo traballare i bidoni della spazzatura. Rovi e sterpaglie volteggiavano nell'aria, trascinati dalle raffiche impetuose.

Jake aprì la porta della camera e udì le voci concitate di alcuni adulti e qualcuno che piangeva.

"Ma cosa cavolo è successo?"

Scese le scale in punta di piedi, scalzo, e vide un uomo dalla pelle scura che abbracciava una donna dai tratti orientali, in lacrime.

Uno degli scalini scricchiolò, e tutti si voltarono di scatto verso di lui.

"Merda!" pensò il ragazzo.

«Jake, vieni qui, per favore» gli disse sua madre.

«Tesoro, questi sono i signori Kent, i genitori di Courtney» spiegò suo padre. «Courtney è... è scomparsa da ieri notte.»

Jake sbiancò, e dovette tenersi al corrimano per non cadere.

«Come... scomparsa?» mormorò.

«Sì, ieri è uscita un attimo per riportare un libro a una compagna di scuola che abita qui vicino, ma non è più tornata. L'abbiamo cercata ovunque, per tutta la notte, ma niente... Stiamo facendo il giro di tutti gli isolati del quartiere, bussando a ogni casa, per sapere se qualcuno l'ha vista» disse il padre di Courtney.

«Tu l'hai vista, Jake?» gli domandò sua madre.

A Jake era venuta la pelle d'oca. Dopo Mike, ora anche Courtney... Ripensò alle parole di Billy Bob: per fermare il Rajzam bisognava sacrificare tre bambini sotto i tredici anni. E due erano già stati presi. Dovevano ritrovarli prima che venissero immolati al demone delle caverne.

Jake sapeva che per aiutare i suoi amici non poteva dire la verità.

Scosse la testa. «No, l'ultima volta che l'ho vista è stato a scuola» mentì.

«Ne sei sicuro?» La mamma di Courtney singhiozzava e fu difficilissimo ingannarla, sapendo quanto fosse disperata, però Jake annuì, mentendo di nuovo, convinto che fosse la cosa migliore per tutti, anche per Courtney.

«Mi dispiace molto...» sussurrò.

«Abbiamo paura che possano averla rapita i tre evasi» confessò il signor Kent. «Quella è gente disposta a tutto.»

Jake era convinto che i tre non c'entrassero nulla, ma non lo disse per evitare di tradirsi.

111

I genitori dell'amica ringraziarono la famiglia Mitchell e se ne andarono per completare il giro del quartiere.

«Conosco Courtney» disse il padre di Jake non appena chiuse la porta. «Viene sempre in libreria, vero?» Jake annuì. Sua madre lo abbracciò.

«Io vorrei capire cosa sta succedendo in questa città...» disse a mezza voce Tom Mitchell, esasperato e in ansia.

Jake si sentì arrossire.

"Perdonatemi" pensò. "Ma non posso ancora dirvi la verità."

30

In tarda mattinata Jake era riuscito a convincere il padre a portarlo con sé in un giro di perlustrazione della zona di Stonebridge in macchina. Si sentiva troppo in colpa a stare in casa con le mani in mano. Doveva rendersi utile in qualche modo.

Il tergicristallo del SUV spazzava a fatica l'acqua che si schiantava dall'alto sul parabrezza. Non aveva smesso di piovere nemmeno per un secondo da quando erano usciti. Scesero dall'auto e setacciarono a piedi il cimitero confederato su Grace Hill, una collina costellata di un'infinità di croci bianche. Una per ogni soldato morto in battaglia. Jake si rese conto che doveva essere stato uno scontro terribile, e questo gli riportò alla mente l'incontro con Pumkee e le sue parole sul Rajzam.

"Probabilmente sto camminando sopra le tombe dei soldati uccisi da quel demone orribile" si disse guardandosi intorno con timore, quasi che la terra si potesse aprire da un momento all'altro vomitando fuori spettri e scheletri di vecchi soldati.

«Non credo che possano essere qui, ma non si sa mai.

Meglio controllare» osservò suo padre, distogliendolo da quegli oscuri pensieri.

«Mike aveva paura dei cimiteri» ribatté Jake. E dovette quasi urlare per sovrastare il lamento acuto del vento. La pioggia era così violenta da riuscire a insinuarsi sotto il giubbotto impermeabile, infradiciandogli i capelli e facendolo rabbrividire per il gelo. «Non sarebbe mai venuto da solo in questa zona.»

«Controlliamo lo stesso» insisté suo padre.

Cercarono per più di mezz'ora sotto la pioggia battente: una traccia, un oggetto che potesse indicare che i due ragazzini erano passati di lì, ma non trovarono nulla a parte il prato melmoso, e le bandiere americane strappate dalle tombe e sporcate dal fango.

«Papà?»

«Dimmi, Jake.»

«Ho visto che un sacco di gente se ne sta andando...»

«Già.»

«Hanno paura che stia accadendo di nuovo, vero?»

Suo padre lo guardò con aria preoccupata, come se stesse valutando se mentirgli oppure no. Decise di essere sincero. «Sì, Jake. Ma io non ci credo. Temo solo che qualcuno abbia rapito i tuoi amici. Il mondo non è fatto solo di persone perbene. C'è anche tanta gente cattiva, purtroppo.»

Finalmente tornarono a rintanarsi nel tepore della macchina e nel suo silenzio ovattato. Tom Mitchell porse al figlio una scatola di donut al cioccolato che aveva comprato quella mattina. Jake scosse la testa, rifiutando le ciambelle. Non aveva fame. Tutta quella tensione gli aveva chiuso lo stomaco.

«Papà, promettimi che noi non ce ne andremo finché non troveremo Mike e Courtney.»

«Su questo puoi giurarci, Jake. Non abbandoneremo i tuoi amici, tranquillo.»

L'uomo finì il donut e disse al figlio che era meglio tornare a casa e riprendere le ricerche più tardi insieme ai volontari che stavano aiutando lo sceriffo.

«Prima possiamo fare un salto alla casa sull'albero?» chiese Jake.

«Come mai?»

«Non lo so... Però a nessuno è venuto in mente di andare a cercare Mike lì. Solo noi sappiamo dov'è.»

«Hai ragione... come diavolo ho fatto a non pensarci!» esclamò Tom, avviando il motore e dirigendosi verso la Wichita Forest.

Jake non gli disse che c'era già stato e non era il caso di illudersi. Voleva soltanto tornare nel loro rifugio e setacciarlo meglio in cerca di qualsiasi traccia di Mike, sperando che due notti prima gli fosse sfuggito qualcosa.

31

Jake si sentiva strano a stare nella casa sull'albero da solo. Si rese conto di esserci sempre stato in compagnia di Mike, con l'eccezione di due notti prima con Courtney, ma mai da solo. Suo padre lo aspettava nel SUV parcheggiato lungo un sentiero all'imbocco della Wichita Forest. Si era offerto di accompagnarlo, ma Jake gli aveva detto che preferiva di no.

In quel momento, però, era pentito di non avere accettato l'offerta. Tutto quel silenzio gli dava una brutta sensazione.

"Piantala con tutte 'ste paranoie e ricordati che Mike e Courtney sono stati rapiti" si disse, lanciando il giubbotto in un angolo. "Devi cercare qualcosa di utile per ritrovarli."

Si mise al lavoro, frugando tra i libri e i fumetti, spostando tutti gli oggetti sulle mensole. Mise a soqquadro la capanna di legno, ma non trovò nulla. Arrivò addirittura al punto di strappare i poster dalle pareti, sperando che nascondessero qualche messaggio o indizio, ma fu un'operazione vana.

"Qui non c'è proprio un cavolo di niente!" pensò,

contrariato e sconfortato, mollando un calcio all'armadietto in cui conservavano le scorte di dolciumi. Il mobile si rovesciò con un tonfo.

«Idiota» sussurrò il ragazzo rivolto a se stesso. Cercò di calmarsi e stava per rimettere tutto a posto quando notò un plico di fogli tenuto insieme da un elastico nascosto in un'intercapedine dietro l'armadietto.

Aggrottò la fronte e lo prese. Sparse le pagine sul pavimento. Erano decine e decine di fogli scritti a mano, fotocopie di vecchi articoli di giornale, foto dei boschi di Wichita e di quelle che sembravano grotte con incisioni rupestri.

«Oh, merda...» bisbigliò Jake, rendendosi conto che la grafia era quella di Mike. Ne era certo: avrebbe potuto riconoscere la sua scrittura panciuta e disordinata tra mille altre.

Si sedette sul pavimento per esaminare i documenti. Mike aveva creato una sorta di dossier sulle sparizioni dei bambini nel 1984. Non solo: era arrivato a scoprire della leggenda di Rajzam, e aveva individuato delle zone in cui i vecchi indiani dicevano che lo spirito era stato avvistato in passato. Mike aveva scritto di alcuni passaggi nel terreno e in alcune caverne nel fitto dei boschi di Wichita dove Rajzam riposava in attesa che passassero i trent'anni dalla sua ultima apparizione. Era stato parecchio in gamba.

«Mike aveva scoperto tutto...» mormorò incredulo. «Ma perché non mi ha detto una parola?»

Non riusciva a darsi una risposta. Mike era sempre stato appassionato di misteri, come lui, e aveva indagato a lungo per provare a scoprire cosa fosse successo trent'anni prima. Jake si chiese se quelle ricerche c'entrassero qualcosa con la sua scomparsa.

"Magari ha scoperto troppo e l'hanno rapito per impedirgli di parlare" si disse. Il fatto che avesse nascosto tutto dietro il mobile nel loro rifugio rafforzava quella convinzione.

«Ehi, Jake! Vieni giù. C'è il vicesceriffo che ti vuole parlare!» gridò suo padre da sotto. «I ragazzi vogliono perquisire la casetta.»

«Oh, merda!» Jake raccolse tutto in fretta e furia. «Arrivo, solo un secondo!» urlò.

Non sapendo dove nasconderlo, si infilò il fascio di fogli sotto la maglietta. Indossò il giubbotto e rimise a posto l'armadietto. Si diede un'ultima occhiata intorno, poi ridiscese lungo la scaletta in legno, come se niente fosse.

«Ciao, Jake» lo salutò il vicesceriffo Mormont. Era insieme ad altri due agenti che si toccarono la tesa del cappello.

«Tutto okay?»

«Sì, signor Mormont.»

«Trovato niente lassù?»

«Nulla, signore» rispose Jake augurandosi che la faccia non lo tradisse.

«Okay, ti dispiace se diamo un'occhiata anche noi?»

Il ragazzo scosse la testa.

«Credo che possiate andare» disse il vicesceriffo rivolto al signor Mitchell. «Noi ne avremo per un po'.»

«Va bene. Buon lavoro, ragazzi» li salutò, mettendo un braccio intorno alle spalle del figlio e dirigendosi verso la macchina.

«Ehi, tutto bene? Sei pallido da far paura» gli disse, dopo qualche metro.

«Sì, tutto okay» rispose Jake, tornando a respirare normalmente. Era sollevato, non l'avevano scoperto.

«Ero in macchina quando si sono avvicinati i ragazzi dello sceriffo. Mi hanno chiesto cosa ci facessi qui, e ho detto loro della casa sull'albero. Giustamente hanno voluto buttarci un occhio. Scusami, ma ho dovuto farlo.»

«Nessun problema, pa'.»

Una volta in auto, Jake non disse più una parola. Continuava a pensare ai fogli che aveva trovato, e a chiedersi perché il suo migliore amico non gli avesse detto nulla.

32

Le brutte notizie purtroppo non erano finite, per quella giornata. Jake stava rileggendo gli appunti presi in biblioteca e il materiale raccolto da Mike, confrontando tutto con quanto Billy Bob gli aveva raccontato. A un tratto sentì vociare dalla strada e capì subito chi c'era. Chiuse il quaderno e corse di sotto.

«Che c'è?» chiese sua madre vedendolo scendere a razzo.

«Jimmy, Doug e Ronnie» rispose, aprendo la porta. Oltre a loro, che avevano abbandonato le bici sotto al portico, c'era anche Rocket, che gli saltò addosso affamato di coccole.

I suoi amici, invece, erano molto strani. Pallidissimi, sembravano sotto shock.

«Ciao, boys. Cosa sono queste facce? Sembra che abbiate visto un cadavere!» esclamò Jake.

Sentendo quelle parole, i tre si guardarono tra loro, scambiandosi una strana occhiata.

«Po-possiamo e-e-entrare? Do-dobbiamo parlarti» balbettò Jimmy. Gli succedeva soltanto durante le interrogazioni, quando non era pronto, se una ragazza gli rivolgeva la parola, o quando aveva molta, molta paura.

Stupito, Jake li fece entrare e disse a sua madre che andavano di sopra.

Una volta in camera, appena Jake ebbe chiuso la porta, Jimmy, Doug e Ronnie presero a parlare tutti e tre insieme, agitatissimi. Jake non capì nemmeno una parola.

«Ehi! Calmatevi, non ci capisco niente! Parlate uno per volta. Si può sapere cosa cavolo è successo?»

«Diglielo tu» disse Jimmy a Ronnie che, tra loro, era il più calmo e riflessivo.

Lui sospirò per farsi coraggio, si sedette sul letto e disse: «Hai presente Billy Bob Pumkee?».

«Certo.»

«L'abbiamo appena visto... Morto.»

«Eeeh?!» esclamò Jake. «In che senso *morto?*»

«Shhh! Abbassa la voce, stupido» disse Doug.

«Sta-stavamo venendo qui da te, abbiamo tagliato per la strada della chiesa di St. Catherine e l'abbiamo visto a terra, stecchito, con un coltello che gli spuntava dalla schi-schi-schiena» precisò Jimmy.

«Siete sicuri che fosse lui?» domandò Jake.

«Conosci qualcun altro che gira sotto un temporale con addosso solo un gilet in pelle e un cappello?» fece Doug.

«Oh, merda» sospirò Jake sedendosi accanto a Ronnie.

«C'erano le auto dello sceriffo e un paio di agenti, e dopo un po' ci hanno mandati via» continuò Ronnie. «Quel poveraccio puzzava ancora di alcol. Però non puoi immaginare quanto è stato brutto vederlo così, per terra, in una pozza di sangue...»

Jake si portò le mani alla testa, disperato. Prima la sparizione di Mike, poi quella di Courtney... e ora qualcuno aveva ucciso Billy Bob, proprio dopo che lui ci aveva parlato. Era davvero una brutta faccenda, ed era molto probabile che fosse tutto collegato.

Rocket si avvicinò e gli si acciambellò tra le gambe.

«Ehi, bello, tutto a posto?» gli chiese Ronnie dandogli una pacca sulla schiena, vedendolo così abbattuto.

«Stanotte hanno rapito anche Courtney» disse Jake con un filo di voce.

«Come?!» esclamarono gli altri in coro.

«Qualcuno ha preso anche lei... Pensavo che l'aveste già saputo.»

«Merda, merda, merda!» Doug era sconvolto. «Ma si può sapere cosa sta succedendo?! È per questo che se ne stanno andando tutti da questo buco di città, e fanno bene! Dovremmo andarcene anche noi.»

«Certo, e piantare qui Mike e Courtney?» obiettò Ronnie, rabbioso. «Scordatelo, Doug. Sono nostri amici e non possiamo mollarli.»

«Ragazzi» disse Jake alzando la testa. «Ho paura di essermi cacciato in un brutto guaio.»

«Tu? E pe-perché?» tartagliò Jimmy.

«Prima dovete giurarmi che non racconterete a nessuno nemmeno una parola di quello che sto per dirvi.»

I tre si batterono indice e medio della mano destra sul cuore per tre volte, poi se le baciarono.

«Giuro!» dissero poi in coro.

«Quello che sto per rivelarvi non vi piacerà...»

33

Jake parlò per quasi un'ora, mentre i suoi amici lo ascoltavano in assoluto silenzio, seduti sul pavimento con le gambe incrociate, passandosi di mano in mano i fogli che Jake aveva trovato nella casa sull'albero. Raccontò loro di suo zio Ben, della disavventura notturna con Courtney, di ciò che aveva scoperto in biblioteca, di come suo nonno si era svegliato quando gli aveva messo la Ernie Ball tra le mani, del terribile racconto di Billy Bob Pumkee, e della leggenda del Rajzam, e di come in qualche modo Mike aveva già scoperto tutto.

Quando ebbe finito, Doug, Ronnie e Jimmy lo fissarono sgomenti. Dopo la scomparsa di Courtney e l'assassinio dell'indiano, tutto sembrava tornare.

«Quindi secondo te qualcuno ha voluto chiudere per sempre la bocca a Billy Bob?» chiese Doug.

«Non vedo altri motivi. Era l'unico a sapere la verità sul mistero di Stonebridge e sui bambini d'ombra» rispose Jake. «L'unico oltre a Mike.»

«Quindi secondo te il rapitore di Mike e Courtney è anche l'assassino di Billy Bob?» domandò Ronnie.

«Per forza. Billy Bob si era messo a parlare, e chi

l'ha ucciso voleva impedirgli di andare in giro a raccontarlo.»

«Quindi ora l'unico che sa tutto sei tu...» osservò Doug.

«E voi» ribatté Jake.

«Quindi siamo tutti in pericolo!» esclamò Doug, già in ansia.

«Dài, Doug, piantala. Ora dobbiamo trovare Mike e Courtney e liberarli» disse Ronnie.

«E come pensi di fare, scusa? C'è un assassino a piede libero, noi siamo solo dei ragazzi! Ti ricordo che qui c'è addirittura uno che ci ha lasciato la pelle» sbottò Doug.

«Dimentichi una cosa, bro» disse Jimmy.

«Cosa?»

«La Ernie Ball di Jake» rispose Jimmy, sorridendo. «Hai visto di cosa è capace, no? Quella è la nostra arma segreta.»

«Quindi Billy Bob ti ha detto che potresti avere sangue indiano nelle vene, sangue di sciamano?» chiese Ronnie.

Jake annuì.

«Questo spiegherebbe molte cose» disse Ronnie.

«Voi siete fuori di testa!» sbottò Doug. «Qua c'è solo una cosa da fare, andare dallo sceriffo a raccontargli tutto. È la polizia che deve risolvere il caso, non noi! E comunque, secondo me tutte 'ste leggende indiane sono un mucchio di cavolate. Andiamo a parlare con la polizia.»

«Perché? Sono quasi tre giorni che stanno cercando Mike, e non mi pare proprio che l'abbiano trovato» obiettò Jake. «Dobbiamo pensarci noi.»

Detto questo allungò un braccio e tenne la mano sospesa per aria, per stringere un patto con gli altri.

Ronnie fu il primo a mettere la sua sopra quella di Jake. «Io sono con te.»

«Anch'io» disse Jimmy.

Anche Rocket volle partecipare, e mise la zampa sulle tre mani, facendoli ridere tutti.

Doug, però, sembrava non avere nessuna intenzione di unirsi al gruppo, e se ne stava con i gomiti puntati sulle ginocchia, e il mento sui pugni chiusi.

«Manchi solo tu, Doug. Dài» lo spronò Jake.

«Potete scordarvelo» grugnì Doug. «Io ci tengo alla pelle.»

«Ma sei serio?» Ronnie era allibito.

«Doug, se non me-metti la mano qui sopra ti prendo a ca-ca-calci nel sedere da qui fino a ca-ca-casa tua» lo minacciò Jimmy.

Doug sbuffò. «È un'idea di merda, ragazzi. E io non voglio farmi fare la pelle, o finire in prigione, tipo.»

«Doug, se metti la mano ti regalo tutti i dolci che mi sono rimasti da Halloween, e ci metto anche quelli di Mike» disse Jake, sapendo che la golosità era il punto debole dell'amico. «Sono almeno due chili di cioccolatini e caramelle, compresi gli orsetti di cioccolato ripieni di crema al cocco, i tuoi preferiti.»

A Doug brillarono gli occhi.

«E aggiungi pure i miei» disse Jimmy.

«Anche i tuoi?» chiese Doug a Ronnie.

«Anche i miei, e spera di non finire dal dentista con i denti marci.»

«Wooowww!» esclamò Doug battendo la mano sopra quelle degli amici. «L'avrei messa comunque, ma volevo i vostri dolci! E voi ci siete cascati!»

Si fecero una gran risata, poi Jake aprì il quaderno e insieme iniziarono a progettare un piano.

34

Il piano era semplice, e partiva da un dato certo: ora che gli scomparsi erano due, i genitori delle poche famiglie ancora rimaste a Stonebridge sarebbero stati molto più attenti ai propri figli, tenendoli chiusi in casa per paura che venissero rapiti, sapendo che c'erano anche tre pericolosi criminali in libertà. Rapire il terzo ragazzino, espediente necessario per completare il rito e far riaddormentare il Rajzam per altri trent'anni, sarebbe stato molto più complicato.

Se ne avesse trovato uno in giro solo per il paese, di sicuro il rapitore avrebbe sfruttato l'occasione, cercando di prenderlo.

Così, Jake, Jimmy, Doug e Ronnie avevano deciso che quella notte loro quattro, a turno, avrebbero girato in bici per le strade, per fare da esca.

E non appena il rapitore si fosse fatto vivo, cercando di sequestrare il malcapitato, gli altri sarebbero saltati fuori e gliel'avrebbero impedito, grazie al potere della Ernie Ball.

Era un piano molto rischioso, ma avevano deciso di giocarsi il tutto per tutto. D'altronde, loro erano in quattro, mentre il rapitore era solo. O almeno, così speravano.

Jake aspettò che i suoi andassero a dargli la buonanotte e finse di mettersi a letto. Dopo qualche minuto, uscì dalle coperte e si rivestì, poi si mise in spalla lo zaino e in vita un marsupio, dove tenere la Ernie Ball per poterla estrarre più facilmente.

Per qualche secondo tenne la palla in mano, osservandola come se fosse un oggetto dotato di vita propria.

«Zio Ben, stiamo facendo la cosa giusta?» sussurrò.

La palla iniziò a pulsare della solita luce azzurra, e Jake vide sulla parete investita dal bagliore l'ombra di un bambino che annuì.

«Avremo bisogno del vostro aiuto, stanotte» mormorò Jake.

La palla brillò più forte. Le ombre si moltiplicarono e alzarono tutte il pollice in alto.

Jake sentì una scarica di adrenalina, e annuì. Infilò la palla da baseball nel marsupio e diede un'occhiata al suo letto. Aveva messo vestiti e cuscini sotto il lenzuolo, per dare la sensazione di essere lì a dormire, rannicchiato. Se sua madre fosse entrata per assicurarsi che stesse dormendo, al buio, ci sarebbe cascata.

"Scusami, mamma, ma devo farlo per Mike e Courtney" pensò.

Aprì la finestra, e scese senza difficoltà. Ormai aveva una certa esperienza in quelle fughe notturne.

Un vento violento scuoteva le chiome degli alberi, e sembrava ringhiare come una bestia inferocita. Una schiera di pipistrelli era appesa a testa in giù sui vecchi cavi del telefono. Sembrava che fossero lì per scoraggiarlo a proseguire con il piano.

"Non farti spaventare" si disse Jake, mentre andava a prendere la bici nel gabbiotto degli attrezzi.

Pedalò fino alla chiesa di St. Catherine, dove si era dato appuntamento con gli altri, e li trovò già lì, tutti in sella alle bici.

C'era anche Rocket, sebbene la sua presenza non fosse prevista.

«E lui?!» domandò, indicando il labrador.

«Era già qui, quando siamo arrivati» disse Ronnie. «A me sta venendo il dubbio che questo cane capisca i nostri discorsi, vero, Rocket?»

Il labrador fece un verso strano, come se davvero avesse capito la domanda.

«Vabbè, è troppo tardi per riportarlo a casa» disse Jake. «Però non farci scoprire, Rocket, va bene?»

Il cane guaì di nuovo.

«Tutti pronti?» domandò Jake.

«Secondo me è una pessima idea» borbottò Doug.

«Non abbiamo scelta, bro» ribatté Ronnie.

«Sì, invece! Ce l'abbiamo eccome! Dovremmo dire tutto ai nostri genitori, questa è una faccenda che va risolta dai grandi...»

«Ancora con questa storia?» brontolò Ronnie.

«Doug, ascoltami» disse Jake con voce calma, guardandolo negli occhi. «Dobbiamo fare comunque qualcosa, perché se non fermiamo il Rajzam, quello non si prenderà soltanto Mike e Courtney, ma tutti i bambini e i ragazzini sotto i tredici anni. Tu quanti anni hai?»

«Io? Dodici... Oh, merda!»

«Ecco, appunto. Se non lo fermiamo, quello si prende anche te, me e tutti noi, capito?»

Dopo qualche secondo Doug ammise che era d'accordo.

«Chi vuole cominciare? Ci sono volontari?» domandò Jake.

Nessuno si fece avanti.

«Va bene, inizio io. Ricordatevi di spegnere le torce, boys, altrimenti si accorgerà di voi» disse Jake allontanandosi.

35

Jake stava girando da mezz'ora, ma non era ancora successo niente. Ogni tanto si guardava rapidamente alle spalle e intravedeva il riflesso metallico delle Monster dei suoi amici che lo seguivano a distanza.

Faceva freddo e il vento continuava a soffiare impetuoso, tanto che era difficile stare in sella, pedalando controvento.

Jake svoltò a destra, verso la Wichita Forest Avenue, che portava nei boschi, e con la coda dell'occhio notò dietro di sé alcune luci blu e rosse, e dopo qualche secondo udì l'inconfondibile sirena di una macchina della polizia.

Si fermò, si slacciò il caschetto e tese le orecchie.

Udì il timbro profondo di Bud Malone, e poi le voci nervose dei suoi tre amici. Doug era il più piagnucoloso.

«Che palle, però» disse fra i denti. Lo sceriffo doveva aver fermato Ronnie, Doug e Jimmy. La missione era andata a quel paese.

"Merda! Cosa faccio, adesso?" si domandò. "Continuo da solo, col rischio che quello mi prenda davvero, senza che nessuno mi copra le spalle?"

Jake era sicuro che Ronnie e Jimmy non avrebbero aperto bocca davanti allo sceriffo, mentre Doug avrebbe spifferato tutto, per paura dei genitori e di Bud Malone. Il che non gli lasciava altra scelta che continuare per conto suo.

Stava per ripartire, quando sentì il rombo della grossa Jeep dello sceriffo che lo seguiva.

"Merda! Sta venendo a prenderti!" si disse.

Le sue gambe si mossero da sole, e iniziò a pedalare come un forsennato, cercando di fuggire, senza sapere nemmeno lui perché. Forse era la paura di essere fermato a farlo scappare, perché lo sceriffo li avrebbe riportati tutti a casa, assicurandosi di informare i loro genitori; sempre che non avesse scoperto che Jake aveva parlato con Billy Bob, prima che venisse ucciso, o che aveva nascosto del materiale utile alle indagini, perché a quel punto sarebbe cambiato tutto, e forse Bud Malone l'avrebbe interrogato per ore, mandando definitivamente a monte il piano per salvare Mike e Courtney.

«No, non esiste. Neanche per sogno.»

Per questo Jake fuggì.

36

Jake stava schizzando a tutta velocità sull'asfalto bagnato, quando dovette inchiodare. Una fila di alberi caduti per via del temporale bloccava la strada.

«Ma porca miseria!»

Si guardò alle spalle: il fuoristrada dello sceriffo era a poche decine di metri da lui. Jake riuscì a intravedere dietro la grata che separava il guidatore dai passeggeri i suoi tre amici che gli facevano cenno di fuggire.

Decise di tentare il tutto per tutto: avrebbe provato a saltare i grossi tronchi di legno con un balzo. Prese la rincorsa, stava per staccare quando un fulmine squarciò il buio, scaricandosi proprio sugli alberi in mezzo alla strada. Il frastuono fu assordante, e il bagliore talmente sfolgorante che Jake rimase accecato per qualche secondo. Crollò a terra.

Quando si rialzò aveva la vista annebbiata a causa della caduta e sentì il crepitio delle fiamme: gli alberi avevano preso fuoco.

Quando recuperò del tutto l'uso della vista, si rese conto di avere davanti un rogo invalicabile che stava invadendo tutta la strada. Il calore era terribile, e in pochi secondi si ritrovò grondante di sudore. Il fumo gli faceva lacrimare gli occhi. La strada tremò come se ci fosse un terremoto, e dopo qualche secondo una scossa violenta aprì un crepaccio nella strada, facendolo finire di nuovo a terra. Quando riuscì a rialzarsi, il fuoco l'aveva circondato.

Rimase imbambolato a guardare le fiamme perché tra le lingue di fuoco gli era parso di scorgere il volto di una creatura mostruosa che lo fissava.

"Il Rajzam!"

Sentì il legno scoppiettare, e le fiamme si fecero più poderose. Lo sfioravano, ormai, ma non riusciva a muoversi. Era come paralizzato.

Quegli occhi continuavano a fissarlo, ipnotici. Erano occhi che facevano gelare il sangue nelle vene.

Udì in lontananza l'abbaiare di Rocket e le grida dei suoi amici che gli dicevano di spostarsi, di levarsi di lì prima che l'incendio lo ghermisse, bruciandolo.

Jake, però, era impietrito, come se fosse sotto l'effetto di un sortilegio.

«Jake! Maledizione, scappa!» tuonò la voce profonda dello sceriffo.

Jake sbarrò gli occhi: le fiamme avevano la forma di un mostro che si avvicinava sempre di più, sussurrando parole che solo lui poteva sentire.

Sto arrivando... Ora tu verrai con me... Ti porto da tuo zio, sei contento?... Starete insieme per l'eternità.

Quella voce era dentro la sua testa, Jake lo sapeva. Avrebbe urlato, se avesse potuto, ma non riusciva a emettere nemmeno un suono.

Le fiamme stavano per avvolgerlo, quando due braccia robuste lo tirarono via, e Bud Malone se lo issò in spalla, correndo verso il fuoristrada con i lampeggianti accesi. Appena in tempo.

«Ehi, Jake, ma sei impazzito? Sei troppo giovane per morire!» sbottò Malone. Lo fece salire dietro, insieme agli altri.

Lo sceriffo indiano si mise alla guida, innestò la retromarcia e schizzò via un secondo prima che quel fiume di fuoco inghiottisse l'auto.

La notte fu attraversata da un grido che fece accapponare la pelle a tutti. Lo spirito Rajzam annunciava alle foreste di Wichita il suo risveglio.

Jake finalmente riprese il controllo, e per prima cosa accarezzò il muso di Rocket, per tranquillizzarlo. Aprì il marsupio e si sincerò che la Ernie Ball fosse ancora al suo posto. Se la palleggiò tra le mani per cercare di calmarsi.

Quando i suoi amici gli chiesero cosa cavolo gli fosse preso, lui rispose con una sola parola.

«Rajzam.»

Nell'udire quel nome, rabbrividirono tutti. Anche lo sceriffo.

Bud Malone stava per voltarsi verso il ragazzino per chiedergli dove avesse sentito quel nome, quando il fuoristrada fu crivellato da diversi proiettili che mandarono in frantumi il parabrezza. I ragazzi gridarono e l'auto finì contro un albero.

Quando rialzò lo sguardo, dopo essersi tolto di dosso i frammenti di vetro, Jake vide tre uomini che circondavano la grossa Jeep. Indossavano tute arancioni da carcerati inzaccherate di fango.

Uno aveva un fucile a pompa e lo puntava contro di loro.

37

«Che cavolo sta...» borbottò Doug massaggiandosi la testa dolorante per la botta.

«Sta' fermo, abbiamo visite» disse Ronnie.

Quando Doug vide gli evasi rimase impietrito dalla paura. «Oh, porca miseria, cosa facciamo adesso?» gemette, con un filo di voce.

Jake cercò la palla, che gli era sfuggita di mano quando la Jeep era andata a sbattere. Ma sembrava essere sparita.

«Merda...»

Lanciò un'occhiata allo sceriffo. Aveva perso i sensi e sanguinava copiosamente. Doveva essere stato centrato in pieno.

«È... è morto?» balbettò Jimmy.

«No» disse Ronnie dopo aver toccato la carotide del poliziotto con due dita tremanti. «Il cuore batte e lui respira ancora, ma si sta dissanguando. Dobbiamo fare qualcosa... e in fretta.»

Uno degli evasi colpì l'abitacolo con il calcio del fucile, facendo cenno ai ragazzi di scendere.

«Che facciamo?» Doug aveva il fiato corto per l'ansia.

«Non abbiamo molta scelta. Scendiamo» rispose Ronnie, facendo scattare la maniglia per aprire la portiera.

«Non trovo la palla» disse Jake, nervoso.

Il detenuto colpì ciò che era rimasto del parabrezza, intimando ai ragazzi di muoversi.

«Dobbiamo uscire, Jake. Questi sparano» disse Ronnie aprendo lo sportello.

Uno dopo l'altro i ragazzini scesero dall'auto. Mentre gli amici passavano davanti a lui, coprendolo alla vista, Jake ne approfittò, sfilò la pistola dalla fondina di Bud Malone e se la nascose dietro la schiena, sotto la felpa.

«Tieni duro, sceriffo» mormorò prima di abbandonare il fuoristrada.

38

Il fuoco si stava diffondendo e di lì a poco avrebbe raggiunto le conifere e le querce secolari con tutta la sua forza distruttrice, estendendosi per l'intera foresta, col rischio di arrivare a Wichita Falls. Se ciò fosse avvenuto, sarebbe stata una tragedia. I tre criminali, però, non parevano curarsene; sembravano usciti direttamente dall'inferno: erano sporchi, coperti di escoriazioni e con le tute strappate dai rovi e macchiate di fango.

«E voi chi cazzo siete, poppanti?» chiese quello con il fucile.

Jake notò che uno dei suoi compagni era ferito a una gamba e zoppicava. Doveva essere stato attaccato da una bestia feroce, forse uno dei lupi risvegliati dal Rajzam.

«Allora?!» gridò.

«Sta' calmo, amico, siamo solo dei piccoli teppisti» ebbe la prontezza di dire Ronnie. «Lo sceriffo ci ha beccato mentre facevamo graffiti su un muro e voleva denunciarci per vandalismo.»

Doug e gli altri gli ressero il gioco.

L'evaso più anziano si sporse e toccò la carotide dell'indiano.

«Questo sta per lasciarci la pelle» sentenziò.

«Cazzi suoi, Brad...» disse quello armato.

«Non c'era bisogno di sparare» osservò Jake.

«Ma sta' zitto!»

«Cosa vuoi fare con questi quattro, Rufus?» chiese Brad.

«Sono testimoni oculari. Dobbiamo tappargli la bocca.»

Doug, Ronnie e Jimmy si sentirono gelare.

«Oh, non esageriamo» disse il terzo, quello ferito. «Sono bambini.»

«Anche i bambini hanno una bocca per parlare, Jerome» ribatté Rufus.

Jake capì che Rufus era il più burbero e violento dei tre. Aveva gli occhi di una bestia in cattività disposta a tutto pur di salvarsi. Probabilmente era lui il capo.

«Chiudiamoli nel bagagliaio. Quando li troveranno sarà ormai mattina e allora noi saremo già fuori dallo Stato» disse Brad.

«Mmm... si può fare. Tu» disse Rufus indicando Ronnie. «Apri il baule del fuoristrada, muoviti!»

«Stia tranquillo, signore, noi non diremo a nessuno di...»

L'evaso gli appoggiò la bocca della canna del fucile sotto il naso. Gli occhi di Ronnie si stortarono guardando l'arma. E lui iniziò a tremare come una foglia.

«Nano, non mi piace ripetere le cose. Apri quel bagagliaio o tiro il grilletto e dovranno correre fino a Grimrock per recuperare la tua testa di merda!»

Jake pensò che non potevano finire chiusi là dentro: se li avessero imprigionati, lo sceriffo sarebbe morto dissanguato, e quei tre non avevano nessuna intenzione di aiutarlo. Bud Malone era un brav'uomo, e gli aveva salvato la vita. Non poteva abbandonarlo al suo destino.

Da quando li avevano accerchiati, Rocket aveva iniziato a ringhiare, un suono cavernoso e sordo che si faceva sempre più profondo. Jake fissò il cane e sperò che Rufus non se la prendesse con lui.

Come se gli avesse letto nel pensiero, Rufus spostò il fucile sul cane e disse: «Mettete a cuccia questa bestia pulciosa o giuro su Dio che la faccio tacere per sempre!».

«Ci penso io» disse Jimmy, prendendo Rocket per il collare e accarezzandolo per tranquillizzarlo. «Non c'è bisogno di minacciarlo.»

Ronnie riuscì ad aprire il grosso bagagliaio.

«Bene... Ora entrateci» disse Brad.

«Lo sceriffo ha bisogno di...» provò a dire Doug.

«Sta' zitto, ciccione. Fila dentro o ti faccio saltare quelle trippe!»

Doug si gettò dentro il baule con la velocità di un centometrista.

«Ora tu e quel cane rognoso, forza» ordinò l'evaso, indicando Jimmy.

Jake lanciò un'occhiata a Rocket sperando che il cane incrociasse il suo sguardo. Lo fece. Non ci fu bisogno nemmeno di una parola.

Rocket scattò e azzannò Rufus a una mano.

Il fuggitivo esplose un colpo, che per fortuna non ferì nessuno.

Con velocità da pistolero, Jake estrasse il grosso revolver dello sceriffo e lo puntò contro l'evaso.

«Metti giù quel fucile» gli disse. «Fallo, o questa volta sono io a giurare su Dio che tirerò il grilletto.»

Con una smorfia di dolore sul volto e le zanne di Rocket ancora affondate nella mano, Rufus guardò in faccia il ragazzino dagli occhi dal colore diverso e capì che non scherzava. Così imprecò e lasciò cadere l'arma.

39

«Voi due, andatevene» ordinò Jake puntando la pistola contro Brad e Jerome.

Jerome iniziò a sogghignare e fece un passo in avanti.

«Tu non ce l'hai il coraggio di...»

Jake tirò il grilletto e il terreno a pochi centimetri dal piede dell'evaso esplose. Il boato fu assordante, e Doug lanciò uno strillo, neanche avessero sparato a lui.

Il rinculo fu così potente che Jake riuscì a reggersi in piedi per miracolo. Puntò la canna fumante contro Rufus.

«Vedi di non farti venire strane idee. Via di qui, ho detto.»

Jerome e Brad indietreggiarono, a scanso di equivoci. Rufus, invece, era ancora intrappolato nella morsa di Rocket, che non gli mollava la mano e ringhiava, minaccioso.

«Ronnie, prendi quel fucile e lancialo giù dal ponte» disse Jake.

L'amico non se lo fece ripetere. Raccolse l'arma e la scagliò oltre il parapetto del cavalcavia, nel fiume che scorreva al di sotto.

«Sai che ti dico, bro? Dovremmo rinchiudere *loro* dentro il baule» propose Ronnie, con un sorrisetto maligno.

«Non abbiamo tempo, dobbiamo pensare a trovare Mike e Courtney prima che sia troppo tardi» ribatté Jake.

«Avete visto qualcuno qui intorno?» domandò Jimmy ai tre uomini. «Stiamo cercando due nostri amici, un maschio dai capelli rossi e una ragazza con la pelle scura e gli occhi un po' orientali.»

I tre scossero la testa.

«Neanche l'ombra. Abbiamo figli piccoli tutti e tre, comunque» disse Jerome. «Siamo scappati dalla prigione perché volevamo metterli al sicuro. Ci ricordiamo tutti cos'è successo trent'anni fa, e ai nostri figli non deve succedere niente del genere.»

«È vero» intervenne Brad. «Quando in carcere si è diffusa la voce che qui a Stonebridge era scomparso nel nulla un ragazzino, abbiamo pensato tutti e tre la stessa cosa: dovevamo proteggere i nostri figli, a qualsiasi costo.»

«Mio figlio ha solo otto anni... Ha bisogno di me. Lasciateci andare e non vi faremo nulla» aggiunse Rufus, accorato.

«Tu gli credi?» domandò Ronnie a Jake.

«Non lo so... Forse... In ogni caso non abbiamo tempo da perdere. Rocket, lascialo andare.»

Il labrador mollò la presa e Rufus gemette di dolore e si premette la mano ferita con l'altra, contro ciò che rimaneva della tuta arancione.

«Jake, lo sceriffo se la sta passando male. Guarda come trema!»

«Quelle sono convulsioni belle e buone» disse Rufus. «Bisogna metterlo disteso e stare attenti che non si ingoi la lingua.»

Jake puntò la canna del revolver contro Brad e Jerome. «Avete sentito il vostro amico? Tiratelo fuori e posatelo per terra, molto lentamente.»

I due criminali si scambiarono un'occhiata interrogativa e sussultarono quando Rocket abbaiò come per intimargli di sbrigarsi.

«Va bene, ma abbassa quell'arma, ragazzo.»

«Io non abbasso proprio niente» replicò Jake.

«Ben detto» fece Doug.

«Ma dimmi tu se devo salvare la vita a uno sbirro» borbottò Jerome, contrariato.

«Già, e se ci girassimo e scappassimo a gambe levate?» sussurrò l'altro.

«Fate come vi ha detto il moccioso» intervenne brusco Rufus, ponendo fine alla discussione. «E spicciatevi, prima che sia troppo tardi.»

I due si avvicinarono al fuoristrada e presero Bud Malone di peso, adagiandolo sul terreno.

«Accidenti a lui, quanto pesa 'sto bisonte» gemette Brad.

Ronnie e Doug si gettarono sullo sceriffo, cercando di tenergli ferme le braccia.

«Possiamo esservi utili in qualche altro modo?» li canzonò Jerome facendo un inchino stile cameriere in livrea.

Rufus gli diede una sberla con la mano buona e fece un cenno di scuse rivolto ai ragazzi.

«Sparite e non fatevi più vedere» tagliò corto Jake.

I tre uomini annuirono, lo ringraziarono e si dileguarono nel buio.

L'incendio ormai era vicinissimo al fuoristrada. Dovevano sbrigarsi a soccorrere lo sceriffo prima che il fuoco facesse esplodere il mezzo.

«Dobbiamo tirargli fuori la lingua» disse Ronnie, utilizzando tutto il peso del suo corpo per immobilizzare Malone che continuava a tremare in maniera convulsa.

«Bleah!» proruppe Doug schifato all'idea di mettere le dita nella bocca di Bud.

«Ho un'idea migliore» ribatté Jake. Passò il revolver a Ronnie, dicendogli di tenere sotto tiro la foresta nel caso i tre detenuti si ripresentassero, ed entrò nell'auto in cerca della Ernie Ball.

«Resisti, sceriffo» mormorò a Bud Malone che, dibattendosi, continuava a perdere sempre più sangue.

Quando finalmente la trovò sotto un sedile, Jake l'afferrò e subito la palla da baseball iniziò a pulsare di luce azzurra.

«Spero che funzioni» disse posando la palla sulla ferita più grave. La mano iniziò a vibrare e la fronte gli s'imperlò di sudore per lo sforzo. «Tenetelo fermo.»

Lentamente, come per magia, l'emorragia si arrestò. Dalla pelle dello sceriffo si levò una spirale di sottile fumo azzurro, e a poco a poco la lesione si rimarginò.

«Wow...» sussurrò Doug, ammirato. «Sei un cavolo di stregone, Jake!»

«Proviamo a svegliarlo, le fiamme stanno per arrivare al fuoristrada.» Jake era stranamente freddo, distaccato, mentre osservava il fuoco farsi sempre più vicino.

Doug, Ronnie e Jimmy eseguirono, prendendo a

schiaffetti le guance dello sceriffo, che dopo qualche attimo riprese conoscenza.

«Ma cosa ca...?!» mugolò.

«Ne parliamo dopo, sceriffo» disse Ronnie, restituendogli il revolver. «Ora le consiglio di salire sulla Jeep, mettere in moto e levare le tende, se non vuole saltare per aria e diventare un hot dog ben abbrustolito.»

L'uomo vide l'incendio che Ronnie gli stava indicando e sbiancò. «Oh, merda... Tutti dentro, forza!»

Rocket saltò a bordo, lo sceriffo mise in moto e inserì la retromarcia.

Il fuoristrada partì all'indietro un istante prima che il fuoco lo avvinghiasse.

40

Una pioggia torrenziale si era riversata su Stonebridge e su tutta la contea di Wichita Falls. L'unico aspetto positivo di quelle bombe d'acqua fu che estinsero in fretta il fuoco.

Lo sceriffo, dopo aver guidato per qualche minuto facendosi raccontare come i quattro amici fossero riusciti a mettere in fuga i tre evasi, si era fermato davanti a un vecchio fabbricato abbandonato. Aveva spento il motore e si era voltato, osservandoli attraverso la grata metallica, come se fossero dei criminali.

«Vi ringrazio per quello che avete fatto, ma ora voi quattro mi dovete spiegare cosa diavolo ci facevate in giro a quest'ora di notte.» Il suo sguardo lasciava intendere che si aspettava da loro la verità, nient'altro che la verità.

«Noi stavamo provando a incastrare quello che ha...» partì a razzo Doug.

Jake lo fermò dandogli un pizzicotto sulla gamba.

«Stavamo cercando Mike e Courtney» disse poi, rimettendo la Ernie Ball nel marsupio.

Bud Malone lo fissò per qualche secondo senza fiatare. «Tu mi nascondi qualcosa, Jake Mitchell. Voi tutti mi nascondete qualcosa. Ma io vi tengo d'occhio» disse, portandosi davanti agli occhi l'indice e il medio della mano destra. «E vi conviene sputare la verità all'istante, o sarà peggio per voi!» concluse, alzando la voce.

I ragazzi sobbalzarono. E anche Rocket abbassò la testa, impaurito.

«Jake. Tu prima hai detto una parola: *Rajzam*... Dove diavolo hai sentito quel nome?»

«È stato Billy Bob Pumkee a dirglielo» si affrettò a rispondere Doug.

Questa volta si beccò tre calci sugli stinchi da tutti e tre gli amici.

«Okay, giovanotti. Questa è l'ultima occasione che vi concedo, perché poi vi porterò a casa, e dirò ai vostri genitori cosa stavate facendo, e potete stare certi che finirete in punizione per tutta l'estate, come minimo. Sono stato chiaro?»

I quattro amici annuirono.

«Bene. Quindi, chi mi racconta la verità?»

Tutti guardarono verso Jake, che alla fine si fece coraggio e riferì ogni cosa allo sceriffo, a partire dalla notte in cui era andato a cercare Mike insieme a Courtney.

41

Quando Jake ebbe finito, lo sceriffo lo guardò con un misto di stupore e incredulità. I quattro amici lo fissavano senza fiatare. Non avevano idea di come potesse reagire.

«Perciò, quando vi ho fermato, la vostra idea era quella di fare *cosa*? Far prendere uno di voi dal "rapitore" e poi seguirlo fino al posto dove nasconde Mike e Courtney?» domandò Bud Malone.

I quattro annuirono, e Rocket li imitò.

Lo sceriffo scosse la testa. «Non avreste dovuto mettervi in mezzo, ragazzi. Tutto questo non sarebbe stato necessario.»

«Tutto questo *cosa*?» domandò Jake, confuso.

Bud non gli rispose. Aprì il vano portaoggetti, prese una bomboletta e spruzzò un gas che li investì in pieno, Rocket compreso.

Subito tutto cominciò a girare, e i ragazzi si sentirono improvvisamente come ubriachi. La vista si appannò, gli occhi si fecero pesanti, e anche articolare una parola diventò un'operazione troppo complessa. Iniziarono a vacillare, per poi crollare uno dopo l'altro.

Lo sceriffo li aveva narcotizzati.

Il primo a cadere fu Doug. Poi svennero anche Jimmy e Ronnie, seguiti da Rocket.

Jake fu l'ultimo, e mentre le forze lo abbandonavano si disse che erano stati stupidi a non capirlo subito: l'uomo che aveva rapito i loro amici e ucciso Billy Bob era Bud Malone, lo sceriffo; era indiano, quindi conosceva la leggenda del Rajzam, e per salvare tutti i bambini di Stonebridge, aveva deciso di sacrificarne tre.

«Perché?» farfugliò, prima di perdere i sensi.

Lo sceriffo non rispose. Si limitò a spruzzargli in faccia un'altra dose di gas.

«Mi dispiace, ragazzo. Mi avete costretto voi.»

Jake Mitchell cercò di estrarre la Ernie Ball dal marsupio, ma non ci riuscì.

Era già caduto in un sonno profondo. E crollò sopra i suoi amici.

42

Jake fu il primo a svegliarsi, ma quando vide Courtney e Mike che gli sorridevano, pensò di essere ancora immerso in un sogno.

Chiuse gli occhi, li riaprì, e i suoi amici erano ancora lì. D'istinto, li abbracciò entrambi, felice che fossero ancora vivi.

«Ma dove siamo?» domandò, guardandosi intorno. Si trovavano in una sorta di cella umida, dalle pareti di pietra coperte di muschio e muffa. Il tutto era illuminato da quattro candele poste negli angoli. Dall'odore di terra bagnata, Jake dedusse che si trovavano sottoterra. Sul soffitto, a circa tre metri e mezzo dal suolo, vide una grata metallica con sbarre in ferro troppo strette per poterci passare; nemmeno un bambino di sei anni ci sarebbe riuscito. Sopra l'inferriata, la prigione sotterranea era stata coperta con tavole di legno. Tendendo le orecchie, fuori si sentivano l'ululato del vento e il frastuono dei tuoni, . Jake capì perché i gruppi di ricerca non avevano trovato quel nascondiglio: era troppo in profondità, e di certo lo sceriffo aveva fatto in modo di non far battere quella zona del bosco dai cani da caccia.

«Credo che siamo sottoterra, da qualche parte nei boschi di Wichita» rispose Mike. Il suo migliore amico – a parte il pallore cadaverico del viso dovuto forse al fatto che non vedeva la luce del sole da giorni – sembrava il solito Mike: magro come un chiodo, zazzera rossa da scienziato pazzo e occhialoni da professore. Sulle ginocchia, teneva Rocket addormentato, e gli carezzava la testa.

Courtney indicò Jimmy, Ronnie e Doug, che erano ancora stesi a terra, sotto l'effetto del narcotico. «È stato lo sceriffo a catturarvi, vero?» domandò.

Jake annuì. Il ricordo di come erano finiti là dentro gli fece male. Mai si sarebbe aspettato che il colpevole fosse proprio l'uomo che avrebbe dovuto difenderli. Aveva riposto tutta la sua fiducia in Bud Malone, avrebbe messo la mano sul fuoco per difendere il suo operato, e invece...

«Ha fatto lo stesso con voi?»

«Sì. Io ero uscito a fare due passi con Rocket, quando lo sceriffo ha accostato e mi ha detto che ci dava uno strappo fino a casa. Invece mi ha narcotizzato e mi sono svegliato qui» rispose Mike.

«Con me uguale» aggiunse Courtney. «Dopo che abbiamo parlato quella sera, vicino a casa mia, si è avvicinato in macchina e mi ha detto che non dovevo tornare da sola, con quel tempaccio e un rapitore a piede libero... E il rapitore invece era proprio lui... pazzesco.»

«Mannaggia a te, Mike, perché non mi hai detto nulla sulla ricerca che stavi facendo?»

«Avevo paura che mi prendessi per matto, e poi non volevo coinvolgerti. Avevo capito che era una cosa troppo pericolosa.»

«Avresti dovuto farlo, invece... Dov'è lui adesso?» disse Jake.

«È entrato solo per portarvi qui e poi se n'è andato, non so dove» rispose Mike.

«Avete provato a scappare?»

I due si scambiarono uno sguardo e poi gli mostrarono l'anello di ferro che avevano alle caviglie e da cui partiva una pesante catena fissata al muro. Fuggire sarebbe stato impossibile per chiunque.

Courtney gli indicò la sua gamba, e Jake si accorse di essere incatenato a sua volta. Lo erano tutti. L'unico senza catena era Rocket.

«Credo di sapere perché sta facendo tutto questo» disse Jake.

«Anche noi» disse Courtney. «Ce l'ha spiegato ieri notte.»

«Dobbiamo impedirglielo.»

«E come? Abbiamo provato a scappare in tutti i modi, ma è impossibile.» Mike era sconfortato.

Jake aprì il marsupio. La Ernie Ball era ancora al suo posto, per fortuna. «No, non è impossibile» dichiarò prendendo la palla.

Courtney sorrise, mentre Mike lo guardò allibito, come se si sentisse preso in giro.

«Una palla da baseball? Molto bella, ma che ce ne facciamo...?»

Mike smise di parlare quando la palla prese a emanare la sua luce azzurra, illuminando la cella.

I capelli di Jake iniziarono a sollevarsi e a fluttuare nell'aria. I suoi occhi si accesero di una luce viola, e lui si sentì pervadere da un'ondata di calore.

Mike rimase a bocca aperta, soprattutto quando vide proiettate sulle pareti una marea di ombre; sagome di bambini che indicavano le grate sul soffitto.

«Cosa... Chi sono?» balbettò, tremando.

«Sono i bambini d'ombra» spiegò Courtney, che aveva già assistito a quello spettacolo magico. «Sono qui per aiutarci, non preoccuparti.»

Mike fissò il suo migliore amico come se fosse un supereroe.

«Svegliate gli altri e andiamocene» disse Jake, con i muscoli che iniziavano a tremare per lo sforzo di trattenere la palla, già circondata dalla bolla azzurra di energia.

43

Jake non aveva idea di cosa rendesse la Ernie Ball tanto potente. Forse conteneva l'energia vitale dei bambini scomparsi, come un amuleto, si disse; o forse era un oggetto magico in grado di creare un ponte tra la dimensione terrena e quel regno delle ombre dove erano stati portati suo zio Ben e tutti gli altri.

La lama di luce azzurra scaturita dalla palla tagliò le catene come un coltello caldo affondato nel burro.

Mike, grande appassionato di scienza, fissava la scena sbigottito, incapace di comprendere come potesse accadere. «È una fiamma ossidrica?» chiese, con un filo di voce.

«Molto di più» rispose Jake, tagliando senza difficoltà la propria catena. «Non sa solo distruggere, può anche guarire. È la nostra unica possibilità di salvezza.»

Dopo aver liberato anche gli altri, che nel frattempo si erano svegliati, Jake fissò la grata sul soffitto. Aveva il fiato corto. La Ernie Ball risucchiava tutta la sua vitalità, se la teneva in mano troppo a lungo. Era uno strumento molto potente, ma andava utilizzato con parsimonia. Ogni volta che la usava, Jake si sentiva sempre più fiacco, e appariva smagrito, come se tutta quell'energia lo stesse consumando.

"Però non abbiamo altra scelta. Devo usarla ancora, se vogliamo uscire di qui" si disse.

Si guardò intorno. Temeva che se avesse lanciato quella che Doug aveva definito "bomba energetica" i suoi amici sarebbero stati sommersi dai detriti e dalle fiamme di calore sprigionate dalla Ernie Ball. Non poteva correre il rischio di ferirli. Così provò a fare una cosa che non aveva mai tentato prima.

Si alzò in piedi, distese il braccio destro con la Ernie Ball stretta in pugno e si concentrò con tutto se stesso. Subito si creò una sfera di energia azzurra che iniziò a crescere di volume: prima assunse le dimensioni di un palloncino, poi di un pallone da basket e infine di una grossa boa di segnalazione. Più il globo s'ingrandiva, e più l'aspetto di Jake mutava. Gli occhi presero un colore viola acceso, e diverse vene cominciarono a pulsargli sulla fronte e sulle tempie per lo sforzo immane. I capelli iniziarono a schiarirsi, fino a rasentare il bianco; al tempo stesso si issarono verso l'alto, fremendo al ritmo dell'energia azzurra.

Qualche istante dopo i piedi si staccarono da terra e il ragazzo iniziò a sollevarsi in aria, come se fosse attirato verso l'alto dalla bolla da cui scaturivano lampi di luce e scariche elettrostatiche.

«Aggrappatevi a me» disse Jake agli altri, con una strana voce, più metallica e profonda del solito.

I suoi amici non se lo fecero ripetere.

Jimmy gli si aggrappò alla caviglia destra, e Ronnie a quella sinistra. Dopo qualche secondo anche loro si trovarono sospesi in aria, e scoppiarono a ridere per la sorpresa.

«Wow! Sei un drago, Jake!» gridarono, entusiasti.

«Anche voi, forza!» disse il ragazzo. Stavolta si aggrappò alla Ernie Ball con entrambe le mani. Le sue braccia erano tese per lo sforzo, i muscoli guizzanti, e le vene in rilievo per la fatica prolungata.

Courtney e Mike si scambiarono uno sguardo. Mike prese Rocket in braccio, e poi si appese a Jimmy. Courtney fece lo stesso con Ronnie. I due ragazzini pensavano che Jake non potesse sostenere tutto quel peso, invece, dopo qualche istante d'immobilità, la Ernie Ball, come se fosse una mongolfiera, li sollevò tutti.

«Ehi! Vi state dimenticando di me! Aspettatemi!» gridò Doug saltellando, nel tentativo di afferrare le caviglie penzolanti a mezz'aria degli amici.

«Sai che non sarebbe una brutta idea lasciarlo qui?» disse Jimmy a Ronnie, facendogli l'occhiolino.

«Già. Così ci liberiamo definitivamente di quel bestione! Bye, bye, Doug!» disse Ronnie salutandolo con una mano.

«Piantatela, idioti! Non lasciatemi qui, vi prego!» gridò Doug saltellando come un grillo, nel vano sforzo di afferrare le loro gambe.

Jimmy e Ronnie, ridendo, gli tesero una mano ciascuno e lasciarono che l'amico ci si aggrappasse.

«Wow!» urlò Doug quando si sentì librare in aria, sollevato verso l'alto da Jake.

La sfera raggiunse il soffitto, la grata in ferro si fuse come burro caldo, così come la tavola e la terra sopra di loro.

Nel terreno umido si aprì una voragine da cui uscì il globo di energia che illuminò a giorno quella porzione di foresta immersa nel buio della notte. La palla azzurra s'innalzò lentamente fino a portare i ragazzi del tutto fuori dal suolo. Jake rimase per qualche secondo ancora in aria. Era in un bagno di sudore, e le braccia tremavano spasmodicamente per la fatica.

Jimmy, Doug, Ronnie e Mike si lasciarono cadere, e rotolarono sulla terra umida, macchiandosi di fango.

«Jake!» lo chiamò Courtney, visibilmente preoccupata. Il ragazzo sembrava in trance.

«Scendi, Courtney! Dài!» la chiamarono gli amici.

«Forza, Courtney!» disse Doug. «Ti prendo io!»

Courtney decise di lasciarsi andare e cadde sopra Doug, che crollò col sedere a terra, in una pozza di fango.

I cinque ragazzini fissarono Jake che galleggiava ancora a mezz'aria, gli occhi rovesciati, il viso rivolto al cielo notturno. Provarono a chiamarlo, ma non parve sentirli.

Dopo qualche secondo, la bolla di energia si rimpicciolì di colpo fino a dissolversi del tutto, e Jake crollò sul terreno, privo di sensi. La Ernie Ball era tornata un'innocua palla da baseball, ed era rotolata a terra.

Gli amici si avvicinarono e lo scrollarono, spaventati. Rocket gli leccò il viso, cercando di svegliarlo. Dal naso e dalle orecchie colavano sottili rivoli di sangue. I capelli non erano più biondi, ma erano diventati bianco cenere, come se Jake fosse invecchiato all'improvviso.

«Tutta quell'energia... Non è riuscito a sopportarla. È troppa per lui» disse Mike.

«Dobbiamo portarlo via di qui, andarcene prima che lo sceriffo ritorni» disse Ronnie, indicando la Jeep parcheggiata qualche decina di metri più avanti. Sembrava vuota.

«Le bici. Dobbiamo riprenderle. Lo sceriffo le ha messe nel baule. Mike può usare quella di Jake, e Courtney può salire con uno di noi» disse Jimmy.

«E Jake?» fece notare Doug.

Ronnie provò a scrollarlo. Era ancora privo di conoscenza. «Lo dovremo portare con noi, in un modo o nell'altro. Dài, andiamo a prendere le bici... Courtney, tu rimani con lui» disse Ronnie, avviandosi con gli altri verso il fuoristrada di Bud Malone.

Fecero in tempo a fare qualche metro prima che dal buio scintillasse la luce di una potente torcia elettrica.

I tre ragazzi si bloccarono.

Qualche secondo dopo emerse dall'oscurità la figura imponente dello sceriffo che prima rimase di stucco, fissandoli come se fossero fantasmi; poi, istintivamente, estrasse la pistola dalla fondina.

«Come diavolo avete fatto a uscire di lì?» chiese, confuso, fissando la buca, da cui usciva ancora un filo di fumo grigioazzurro.

44

«Cosa facciamo adesso?» sussurrò Doug agli altri.

Tutti si voltarono verso Jake. Era ancora svenuto.

Mike posò la testa dell'amico per terra e si alzò, raggiungendo gli altri. Dietro le lenti punteggiate di pioggia dei suoi occhiali brillava uno sguardo risoluto.

«Jake ha rischiato la vita per noi. Ora tocca a noi proteggerlo» dichiarò, afferrando da terra un sasso.

Subito Rocket lo raggiunse e prese a ringhiare allo sceriffo.

Con la velocità di tre pistoleri, Ronnie, Jimmy e Doug, presero le fionde infilate nei jeans dietro la schiena e agguantarono dei sassi a loro volta. Tesero gli elastici allo spasmo.

«Sceriffo, non ci costringa a farle del male» disse Ronnie, con un tono decisamente adulto. «Vogliamo solo tornarcene a casa.»

L'uomo scoppiò a ridere. «Posate quelle fionde, ragazzini. Nessuno tornerà a casa stanotte.»

«Mi-mi-mirate alla testa» sussurrò Jimmy.

«Non costringetemi a farvi del male. Mettete giù quei giocattoli» ordinò l'indiano, minacciandoli con la pistola.

«Rocket» sussurrò Mike. «Noi lo distraiamo. Tu mordilo.»

Il cane abbaiò, come se avesse capito.

«Pronti?» mormorò Jimmy. I tre compagni annuirono. «Ora!»

I tre lasciarono andare gli elastici nello stesso momento. Le pietre schizzarono come proiettili e colpirono lo sceriffo in piena faccia, mandandolo a terra.

Mike lanciò il sasso che aveva in mano, e lo centrò sulla nuca, tramortendolo.

Rocket si gettò sull'uomo e gli morse la mano con cui reggeva la pistola. Partì un proiettile, con un boato assordante.

Lo sceriffo gridò di dolore, e colpì il labrador con un pugno che lo fece guaire.

«Ricaricate!» gridò Jimmy agli amici.

«Lascia stare il mio cane!» urlò Mike raccogliendo un altro sasso da terra. «Rocket, torna qui!»

La seconda raffica di pietre mise lo sceriffo al tappeto.

Rocket ne approfittò per scappare e tornò dal suo padroncino.

I tre amici si voltarono verso Jake, sperando che si fosse ripreso. Era ancora senza sensi, cullato da Courtney.

«Courtney, cerca di svegliarlo o qui finisce male!» gridò Doug.

«Ci sto provando, ma non ce la fa!»

Caricarono di nuovo le fionde e arretrarono insieme senza dare le spalle allo sceriffo, che stava già cercando di rialzarsi. Lo tennero sotto tiro fino a raggiungere Jake e lo circondarono, per proteggerlo.

«Piccoli bastardi...» ringhiò l'indiano, asciugandosi

il sangue da una tempia con il dorso della mano. «Ve la faccio pagare.»

Si alzò in piedi, ma faticava a stare in equilibrio, come se fosse ubriaco.

«Ora ci penso io» disse Doug. Raccolse da terra la Ernie Ball, e la strinse con tutta la forza che aveva, concentrandosi.

Gli altri lo fissarono come se fosse un idiota.

La palla non si illuminò.

«Forza, maledetta! Brilla, brilla!» gridò Doug, con la fronte che si stava imperlando di sudore per lo sforzo.

Ma niente. Se la situazione non fosse stata drammatica, la scena li avrebbe fatti ridere tutti.

Nel frattempo lo sceriffo si era rialzato del tutto e aveva recuperato la pistola da terra con la mano sana. Si voltò verso di loro con uno sguardo imbufalito. «Adesso mi avete proprio stufato.»

«Ti prego, brilla, su!» implorò Doug.

Niente.

«Houston... abbiamo un problema» disse Ronnie.

45

Jake non sentiva più il suo corpo. Era come se fosse intrappolato in un'altra dimensione che non era quella terrena, dove si trovavano i suoi amici, di cui udiva le voci, sebbene parecchio in lontananza. Il posto dov'era lui era lugubre, tenebroso. Quando riaprì gli occhi, vide intorno a sé una foresta. Somigliava ai boschi di Wichita, ma non era lo stesso territorio. Era uno spazio freddo, quasi ghiacciato, immerso in una fitta nebbia che rendeva impossibile vedere qualsiasi cosa intorno. Colse dei movimenti tra gli alberi e pensò che fossero animali, salvo rendersi conto subito dopo che si trattava di ombre. Ombre che lo stavano circondando.

Si alzò in piedi. Era solo. Nessuna traccia della Ernie Ball.

«Zio Ben?» disse. Aveva intuito che si trovava nel luogo di cui gli aveva parlato Billy Bob Pumkee, il regno delle ombre, a metà tra il mondo dei vivi e quello dei morti. Il luogo dov'era imprigionato suo zio, insieme a tutti i bambini scomparsi nell'estate del 1984.

«Ciao, Jake. Finalmente possiamo parlarci» disse una voce dalla foresta. Jake si voltò, ma non vide nessuno.

Era la voce di un ragazzo, come se Ben, dal giorno della sua scomparsa, non fosse più cresciuto.

«No, non puoi vedermi. Siamo soltanto ombre... fa freddo qui, vero?»

Jake annuì, confuso. In effetti stava gelando.

«So che sei sfinito e hai paura, ma adesso devi svegliarti. I tuoi amici hanno bisogno di te.»

«Tu non puoi venire con me?»

L'ombra scosse la testa.

«No, non posso. Il mio destino è qui... Noi non possiamo interferire con il mondo dei vivi. Abbiamo fatto anche troppo, credimi.»

«Quindi non tornerai più? Rimarrai qui per... per sempre?» domandò Jake.

«Sì, e anche se potessi andarmene, non abbandonerei mai tutti gli altri.»

Jake si rese conto di essere circondato da decine e decine di ombre. Almeno duecento.

«Però non vogliamo che altri si aggiungano a noi. Dovete impedirlo» disse Ben.

«Come?»

«Dovete unirvi, tu e i tuoi amici, e sconfiggere il Rajzam insieme. Noi vi aiuteremo, attraverso la Ernie Ball. Ma voi dovete rimanere uniti. Solo così avrete una speranza di farcela.»

«Ma come?»

«Dovete avere fiducia in voi stessi... La palla da baseball è l'unico modo che abbiamo per trasmettervi la nostra energia, ma solo tu puoi utilizzarla. Ora vai, prima che il Rajzam si renda conto che sei qui e ti impedisca di andartene. Torna dai tuoi amici... Svegliati... Lui si è già ridestato, ed è in giro nei boschi. Si sta preparando a prendere tutti i bambini che gli spettano. Dovete fermarlo... Addio, Jake.»

«Aspetta, zio Ben! Zio Ben!»

Le ombre si dileguarono, sfumando nella nebbia che parve divenire sempre più serrata, quasi lo volesse avvolgere per poi divorarlo.

Sentì le grida dei suoi amici, lontane, ovattate, e capì che doveva tornare nel bosco di Wichita per aiutarli.

Chiuse gli occhi e pregò che non fosse già troppo tardi.

46

Jake riaprì gli occhi e balzò in piedi. Vide lo sceriffo che barcollava verso di loro, con la pistola in pugno, pronto a sparare, mentre i suoi amici cercavano di impedirglielo prendendolo a sassate con la fionda.

«Jake!» esclamò Courtney, felice, quando lo vide di nuovo in sé.

Lui afferrò la Ernie Ball dalle mani di Doug, e la palla brillò, mentre lui si sentiva svenire di nuovo. Era troppo debole.

Dovete unirvi, tu e i tuoi amici, e sconfiggere il Rajzam insieme. Noi vi aiuteremo, attraverso la Ernie Ball. Ma voi dovete rimanere uniti...

Gli parve di risentire la voce di Ben, e seguì il suo consiglio.

«Courtney, prendimi per mano.»

Lei strinse la mano sinistra dell'amico.

In un battibaleno anche lei fu avvolta da un'aura azzurra, e i suoi capelli iniziarono a fluttuare nell'aria. Si sentì formicolare addosso una strana elettricità, e di colpo percepì una tale sensazione di leggerezza che non si stupì di vedere i suoi piedi staccarsi da terra.

«Adesso basta, sceriffo!» gridò Jake.

I suoi amici si voltarono di scatto e rimasero a bocca aperta vedendolo fluttuare a mezz'aria insieme a Courtney, entrambi con gli occhi viola.

Rocket abbaiò, felice che Jake si fosse ripreso.

«Cosa diavolo sta...» iniziò a dire Bud Malone, ma Jake lo interruppe scagliando la bolla di energia che lo investì in pieno, mandandolo a sbattere contro il fuoristrada.

Si sentì un crepitio di rami secchi che si spezzavano. In realtà erano le ossa del poliziotto che si erano lussate per la violenza dell'impatto.

I due ragazzini ricaddero a terra, gli occhi di nuovo normali.

Il labrador schizzò di corsa a recuperare la palla per riportarla a Jake.

«Jake... i tuoi capelli sono... bianchi» disse Mike, osservandolo.

Jake aveva il fiatone e tossì sangue. Il colore dei capelli era l'ultimo dei suoi pensieri.

Jimmy, Ronnie e Doug gli si strinsero intorno. Era strano vederlo così pallido, con i capelli argentei e gli occhi che ora parevano ancora più grandi, uno viola e l'altro celeste intenso. Un filo di sangue gli colava dall'angolo della bocca.

«Aiutatemi ad alzarmi, per favore.»

Gli amici lo sostennero.

«Andiamo da lui» disse, indicando lo sceriffo.

«Ma Jake! Forse è meglio scappare, no?» obiettò Doug.

«Non preoccuparti, fifone» sorrise Jake, mostrandogli la Ernie Ball. Per un attimo la palla emanò un raggio di luce viola.

I ragazzini circondarono lo sceriffo, che era ancora senza sensi.

«Jimmy, prendigli la pistola» disse Jake.

Lui eseguì e lanciò l'arma in una grossa pozzanghera paludosa.

«Stai bene, Jake?» chiese Mike. «Quella palla ti consuma le energie ogni volta che la usi.»

«Sì, lo so. Ma se quando la prendo sono in contatto con uno di voi, come ho fatto con Courtney, l'energia si somma e per me è tutto più facile» spiegò Jake.

«Come fai a saperlo?» domandò Ronnie.

«Fidati» disse il ragazzino dai capelli bianco cenere. «Non mi crederesti.»

In quel momento Bud Malone aprì gli occhi, con un gemito. Era davvero malridotto.

«Lei ha parecchie cose da spiegare, sceriffo» gli disse Jake, calmo ma deciso.

Lui li fissò, poi una lacrima gli solcò il viso.

47

Dopo qualche attimo d'incertezza, Bud Malone cominciò a parlare e rivelò tutto.

«Trent'anni fa ero ancora un giovane vicesceriffo e mi sentivo più americano che indiano. Mia nonna mi aveva cresciuto raccontandomi storie di vecchi sciamani, guerrieri leggendari e spiriti benevoli e malevoli che avevano infestato le Wichita Mountains quando ancora i bianchi non erano nemmeno giunti qui dall'Europa, e Stonebridge si chiamava ancora Alhmuth. Tutti quegli aneddoti pieni di superstizioni mi sembravano emerite stronzate. Diciamolo, a me importava soltanto di mia moglie e della nostra Lilith. Aveva undici anni, ed era ciò che di più bello mi aveva regalato la vita.

«In quella maledetta estate del 1984, fui chiamato in piena notte per una rapina in un emporio sempre aperto dalle parti di Riverside. Uscii di casa in fretta e furia, ma prima diedi un bacio alla mia Lilith, che dormiva tranquilla. Non potevo sapere che non l'avrei rivista mai più.»

I cinque ragazzi si scambiarono sguardi sgomenti. Stavano cominciando a capire.

«Quando tornai, il mattino dopo» riprese lo sceriffo, con il fiato corto per lo sforzo di parlare, «tutti i bambini sotto i tredici anni erano scomparsi da Stonebridge. Scomparsi nel nulla. Cercai mia figlia ovunque, per settimane, ma fu tutto inutile. Quella che avevo sempre considerato una stupida leggenda si era rivelata la più crudele delle realtà. Lo spirito che dormiva nelle foreste di Wichita e si risvegliava ogni trent'anni, il Rajzam, non avendo trovato nel bosco i tre bambini che gli spettavano, era venuto a prendersi tutti quelli della città e se li era portati via, dal primo all'ultimo. Proprio come nelle storie spaventose che mi raccontava mia nonna, da piccolo. Lilith era diventata una bambina d'ombra. Il Rajzam aveva distrutto la mia vita.»

Lo sceriffo fece una pausa, annaspando in cerca d'aria.

«Caddi nella depressione più nera. Devastato da quella tragedia, lasciai mia moglie e divenni un uomo solitario, triste e divorato dai sensi di colpa. Non mi sono mai perdonato di non aver saputo proteggere la mia unica figlia. Però le ho fatto una promessa: le ho giurato di impedire che quella tragedia accadesse di nuovo. A qualsiasi costo.»

48

Bud Malone non aveva il coraggio di guardare Jake e i suoi amici negli occhi. I ragazzi si scambiarono uno sguardo triste. Prima di quel momento, nessuno tra loro aveva mai saputo niente di quella vicenda.

«Quindi voleva impedire che il Rajzam si prendesse tutti i bambini di Stonebridge?» chiese Mike.

«Sì.»

«È per questo che ha deciso di sacrificare tre di noi... Come ci ha scelti?» chiese Ronnie.

«A parte Mike, che stava indagando sul mistero del Rajzam, sono andato a caso... Non ho niente contro di voi, ragazzi. Ma se non diamo allo spirito ciò che gli spetta, lui farà di nuovo una strage. Non possiamo permetterlo» disse lo sceriffo, dolorante e incapace di alzarsi in piedi. «So cosa significherebbe per tutti quei padri e quelle madri. Un dolore inimmaginabile, che non augurerei al mio peggior nemico.»

«Ti manca la tua bambina?» domandò Courtney, commossa.

L'uomo annuì. «Darei qualsiasi cosa per rivederla almeno una volta» disse, con la voce rotta dal pianto.

La ragazzina incrociò lo sguardo di Jake e gli indicò la Ernie Ball.

Jake capì a cosa pensava e prese la palla che iniziò a brillare.

«Mi dia le mani, sceriffo» disse.

Lui lo fissò, confuso, poi tese le mani. «Cosa vuoi fare?»

Jake gli consegnò la Ernie Ball, tenendoci una mano sopra. La luce si fece più intensa.

«Chiuda gli occhi» disse Jake.

Lo sceriffo obbedì.

Jimmy, Mike, Doug, Ronnie e Courtney si sentirono accerchiare da nuove presenze e si agitarono.

«State tranquilli» li rassicurò Jake. «Sono i bambini scomparsi... Riapra gli occhi, sceriffo.»

L'indiano sollevò le palpebre e sgranò gli occhi castani quando capì chi aveva davanti.

«Lilith!»

Gli si riempirono gli occhi di lacrime.

«Lily, mia dolce Lily... quanto mi sei mancata» disse Bud Malone all'ombra di sua figlia che solo lui riusciva a vedere. Provò ad accarezzarla, ma le sue dita tremanti la attraversarono come se fosse fatta di fumo.

Jake notò che la luce stava perdendo d'intensità. Presto l'ombra della bambina sarebbe svanita.

«Ha ancora solo qualche secondo» disse. «La saluti.»

«No, tesoro... non andartene, ti prego... rimani con il tuo papà.»

La luce si spense e con essa anche la visione di Lilith.

Lo sceriffo scoppiò a piangere come un bambino.

I ragazzini si scambiarono sguardi perplessi, poi sussultarono quando Rocket si voltò di scatto e cominciò ad abbaiare e a ringhiare contro qualcosa che veniva dal profondo del bosco.

«È lui» disse Jake sentendo un brivido gelido attraversargli la spina dorsale. «Il Rajzam... è arrivato.»

49

«Oh, merda. E adesso cosa facciamo?» gridò Doug, in panico.

Dove sono i miei bambini?

La voce che i ragazzi avevano sentito pareva giungere dalle profondità di una tomba. Faceva venire i brividi da quanto era stridula e rauca allo stesso tempo.

«Dovete sacrificarvi... Tre di voi, oppure si prenderà tutti i bambini di Stonebridge» li implorò lo sceriffo.

«No» disse Jake, risoluto. «Questa volta no. Lo rispediremo nelle sue maledette caverne.»

«E come hai intenzione di farlo, Jake? Io me la sto facendo sotto... Anzi, a dire il vero me la sono già fatta sotto» disse Doug.

«Ecco cos'era questa puzza schifosa» commentò Ronnie.

«Smettetela!» li rimproverò Courtney.

«Mike, tieni d'occhio Rocket» disse Jake. «Non vorrei che facesse la cazzata di...»

Prima che il ragazzino concludesse la frase, il labrador saettò verso l'intrico del bosco, abbaiando come un pazzo.

«No! Rocket! Torna indietro!» gridò Jake.

«Rocket! Torna subito qui!» si unirono gli altri.

Ma in un secondo il cane scomparve alla vista, inghiottito dal buio fitto della foresta.

«Oh, che palle, e adesso cosa facciamo?» disse Jimmy.

«Ti prego, dimmi che non sta per succedere quello che penso» disse Mike con un filo di voce. Lui e Jake si scambiarono uno sguardo angosciato.

L'oscurità che li circondava d'improvviso fu punteggiata da una serie di pallini rossi, simili a laser.

«Cosa diavolo sono?» sbottò Doug.

«Occhi» disse Jake. «Dobbiamo levarci di qui, subito.»

«In che senso...?» Doug, era esasperato dalla tensione.

Un branco di lupi neri uscì dalle tenebre. I ragazzini li videro grazie alla luce dell'unico faro rimasto integro nel fuoristrada.

«Saranno almeno venti...» sussurrò Ronnie, terrorizzato.

Ma il vero orrore doveva ancora arrivare, e si palesò dopo qualche secondo.

A guidare il branco di lupi c'era una creatura mostruosa. Era diventato così enorme e aveva occhi talmente infuocati che i ragazzini lo riconobbero a stento.

«Rocket!» gridò Mike, ma il cane lo ignorò.

«Rajzam» corresse Jake. «Si è impossessato di lui...»

50

«Courtney, ho bisogno del tuo aiuto. Subito!» disse Jake alzando la palla al cielo, stretta nella mano destra.

Lei gliela strinse con la sinistra, e diede la destra a Ronnie, e così via, fino a creare una catena.

Le belve, intanto, avevano scoperto le zanne, che sfavillavano nell'oscurità, e ringhiavano minacciose.

«Cosa vuoi fare, Jake?» domandò Ronnie.

Jake parve non averlo sentito. Si guardò intorno. Vide una collina a qualche centinaio di metri. Dovevano raggiungerla. Lì sarebbero stati al sicuro.

«Tenetevi forte» disse Jake.

La palla iniziò a vibrare e poi esplose di luce, catturando un fulmine che squarciò le nubi e saettò fino a rimanere imprigionato nella Ernie Ball.

Gli occhi di Jake scintillarono di luce viola.

I lupi d'istinto si paralizzarono, spaventati da quel bagliore inatteso, ma quando ciò che era stato Rocket scattò ringhiando come una fiera infernale, tutti gli altri lo seguirono, famelici.

«Sceriffo, mi dia la mano» disse Jimmy.

L'indiano non credeva ai suoi occhi, ma alla fine si risolse a stringere la mano del ragazzo.

«Adesso!» disse Jake, e la Ernie Ball si levò in aria, trascinandoli tutti con sé, con Bud Malone per ultimo. Si librarono in volo ad almeno dieci metri da terra, e i lupi non riuscirono ad azzannare altro che l'aria.

Ronnie, Doug, Jimmy, Mike e Courtney gridavano eccitati, come se fossero sulle montagne russe, mentre Jake pilotava la palla verso la collina.

«Ragazzi, vi ricordate quando vi ho detto che me l'ero fatta addosso?» gridò Doug, osservando il bosco ora a trenta metri sotto di loro.

«Purtroppo sì» replicò Ronnie.

«Be', l'ho rifatta!»

«Che schifoooo!» urlò Courtney, storcendo il naso.

Ronnie e Jimmy scoppiarono a ridere.

Quando furono sopra la collina che dominava il bosco dall'alto, Jake li fece cadere dolcemente sull'erba e poté finalmente tirare il fiato.

«Ma come hai fatto, ragazzo?» Lo sceriffo era esterrefatto.

«Lilith e gli altri bambini d'ombra ci stanno aiutando» spiegò Courtney.

L'uomo la fissò spaesato, ma dovette arrendersi a quell'idea bizzarra.

«Ragazzi, non è ancora finita» disse Mike, indicando qualcosa a valle. I lupi, guidati da Rocket, correvano nella loro direzione. Non avevano mai visto degli animali muoversi a quella velocità. Ancora pochi minuti e li avrebbero raggiunti.

«Forse è il caso di scappare di nuovo» disse Ronnie.

Il gruppetto fissò la foresta che si stendeva maestosa e sconfinata sotto di loro.

«No. Non possiamo scappare per sempre» dichiarò Jake, alzandosi. «È il momento di affrontarli.»

51

Cogliendo tutti di sorpresa, Jake si sedette a gambe incrociate, e strinse la Ernie Ball tra le mani, a occhi socchiusi.

«Ehi, bro, ma cosa cavolo fai? Quelli stanno arrivando e sono più di prima!» gridò Doug saltellando. Non sapeva cosa fare.

All'improvviso il cielo si oscurò ancora di più. Uno stormo smisurato di corvi gracchianti stava per calare su di loro come una flotta di aerei da guerra.

«Ja-Jake...» balbettò Jimmy.

La palla cominciò a emanare il suo potente bagliore azzurro.

«Courtney, toccami, e poi tocca uno degli altri» disse Jake.

Lei gli posò la mano sinistra sulla schiena e subito venne soffusa dal flusso di energia che trasmise a Doug, mettendogli la mano sul dorso.

«Wow...» sussurrò lui, quando si vide brillare le mani e si sentì pervadere da una sensazione di inarrestabile potenza.

«Prova a usare la fionda adesso» gli suggerì Jake, con un sorriso.

Doug non se lo fece ripetere due volte: prese la fionda, caricò un sasso, e già quando tese l'elastico vide il proiettile sprizzare energia. Prese la mira e scagliò la pietra contro i lupi a valle.

Ciò che accadde li lasciò sbigottiti.

La fionda vomitò una palla di fuoco azzurra che sfrecciò come un fulmine, e quando colpì i lupi, fu come se fosse esplosa una bomba. Ne cancellò cinque dalla faccia della Terra in una volta sola.

«Porca vacca! Ma che roba è?!» Doug non trattenne l'entusiasmo.

«Non fermarti» gli intimò Jake. «E tu, Mike, posami una mano sulla spalla e tocca uno degli altri.»

Mentre Doug continuava a lanciare saette incandescenti, Mike fece da tramite tra Jake e Ronnie, che estrasse la sua fionda e iniziò a sparare proiettili di pura energia con una forza inaudita, falciando via i lupi che cercavano di avvicinarsi.

«Hai visto che potenza, Doug?! Siamo dei cecchini! Vediamo chi ne colpisce di più!» gridò Ronnie, eccitato per quel nuovo potere.

Jimmy fissò le belve che esplodevano sotto la gragnola di colpi dei suoi amici, e si rese conto che i lupi erano troppi, sembravano moltiplicarsi. Ancora qualche secondo e li avrebbero raggiunti.

«Ja-Jake sono troppi.»

«Toccami, Jimmy. Mettimi una mano sulla testa» disse Jake. I suoi capelli bianchi sfrigolavano di energia.

Jimmy aveva paura, ma fece ciò che l'amico suggeriva. Gli posò la mano sinistra sul capo, e subito si sentì attraversare da una corrente di energia che gli fece scintillare gli occhi.

«Cosa devo fare adesso?»

«Se ci dessi una mano, tipo?» disse Ronnie. «Questi maledetti sono sempre di più!»

«Usa i fulmini, Jimmy. Come ho fatto io prima.»

Jimmy gli diede retta. Alzò la mano destra verso il cielo in tempesta. Come se avesse percepito le sue intenzioni, una folgore fendette l'aria e gli colpì la mano, che sembrò catturarne l'energia. La trattenne per qualche secondo, poi scagliò la saetta contro lo stormo di corvi. Il lampo illuminò il cielo e bruciò i corvi che continuarono a volare in fiamme, per poi cadere al suolo, carbonizzati.

«Grande, Jimmy! Una bella grigliata di pennuti!» gridò Doug. «Senti che profumino di uccelli abbrustoliti!»

Gli altri scoppiarono a ridere.

«Non distraetevi!» Jake li richiamò all'ordine.

Ronnie e Doug continuarono a scagliare proiettili esplosivi dalle fionde, mentre Jimmy catturava saette e le scagliava a raffica contro i lupi, arrestando la loro avanzata.

«C'è qualcosa che posso fare anch'io?» si offrì Bud Malone, ormai conquistato alla causa.

«Sì, sceriffo. Provi a toccarmi» disse Jake. Lo sceriffo gli posò una mano sulla spalla destra e anche lui avvertì l'energia della Ernie Ball scorrergli sottopelle. La mano ferita dai morsi di Rocket si rimarginò e guarì, e anche le articolazioni lussate si risistemarono. In pochi istanti era tornato come nuovo.

«Sceriffo, abbiamo bisogno di rinforzi. Lei conosce la

lingua dei suoi antenati. Deve chiamare le aquile» disse allora Jake.

«Le aquile?» ribatté lui, confuso.

Il ragazzo annuì. «Le aquile e i lupi bianchi.»

«Ma sono estinti da anni!»

«Abbia fiducia.»

L'uomo chiuse gli occhi e sussurrò una preghiera di invocazione. Chiamò a raccolta gli spiriti della natura, gli spiriti benevoli rappresentati dalle aquile, dai lupi bianchi e dai bisonti delle praterie.

All'inizio non accadde nulla, e lo sconforto iniziò a serpeggiare nel gruppo.

Poi sentirono dei versi che li fecero raggelare.

Quando si voltarono, videro uno stormo di aquile reali planare dall'alto, piombando a tutta velocità sui lupi, che accecarono grazie agli artigli acuminati delle zampe.

«Wow!» gridarono i ragazzini. Grazie a quell'aiuto insperato riuscirono a fermare l'avanzata delle bestie mostruose.

Ma non era ancora finita.

Un branco di maestosi lupi bianchi sbucò dalla foresta e aggredì i lupi neri alle spalle, accolti dalle urla festanti dei ragazzi.

Benché avesse gli occhi chiusi, Jake vedeva attraverso gli occhi dei lupi e delle aquile, orchestrando i loro attacchi.

In pochi secondi il corpo di Rocket abitato dallo spirito del Rajzam si trovò solo, circondato dai lupi bianchi e dalle aquile che volteggiavano sopra di lui, pronte all'attacco.

«Jake, non lo possono uccidere! Se lo uccidono, Rocket morirà» disse Mike.

Aveva ragione, sebbene fosse quasi impossibile riconoscere il labrador in quell'essere che aveva assunto le dimensioni di una tigre.

Jake ricordò le parole di suo zio Ben e riaprì gli occhi, alzandosi. «Questa volta non posso farlo da solo. Ho bisogno di voi, ragazzi» disse.

«Tu spiegaci cosa dobbiamo fare e noi lo faremo» disse Courtney.

Jake posò la Ernie Ball a terra. Poi tese le mani e strinse quella di Courtney e quella di Mike.

«Componete un cerchio» disse agli altri ragazzi.

«Ma Jake! Quello sta arrivando!» gridò Doug, terrorizzato. La palla infatti si era spenta, e tutto il fantastico potere che li aveva elettrizzati era sparito.

«Fidatevi di me!»

Doug e Jimmy si diedero la mano e strinsero quelle di Courtney e Mike, creando una sorta di girotondo intorno alla Ernie Ball.

Lo sceriffo raccolse un ramo da terra. Lo ruppe in due spezzoni appuntiti e si dispose a difesa dei ragazzi.

Lo spirito del Rajzam che si era impadronito del corpo di Rocket era ormai a pochi metri da loro.

«Jake! Merda, merda, merda, è qua! E non sta succedendo niente!» gridò Doug, fissando la palla immobile sul terreno.

«Chiudi gli occhi e concentrati!» disse Courtney.

Bud Malone lanciò uno sguardo ai ragazzi e capì che doveva proteggerli.

«Buona vita, ragazzi» disse e, brandendo gli spuntoni come lance, si scagliò contro la bestia inferocita.

52

Bastò una testata del cane mannaro in cui si era trasformato Rocket per disarmare lo sceriffo.

Bud Malone tentò il tutto per tutto e cercò di afferrarlo per l'enorme testa, ma la belva fu più veloce e con le zanne acuminate gli addentò il costato, strappando via un grosso lembo di pelle.

L'indiano crollò a terra, coprendosi con le mani la ferita da cui zampillava il sangue.

L'animale lo saltò con un balzo ferino e nello stesso istante la Ernie Ball brillò di un bagliore mai visto. Dal cerchio di mani si materializzò un tunnel di energia azzurra che scattò maestoso verso il cielo. Pareva un tornado di elettricità e catturò la bestia al suo interno, facendola turbinare a una velocità inimmaginabile.

I ragazzi gridarono di paura osservando lo spirito delle caverne abbandonare il corpo del cane.

«Non spezzate la catena!» urlò Jake. «Mantenete il cerchio, a ogni costo, altrimenti è finita!»

Il flusso energetico voleva risucchiare il Rajzam per scagliarlo verso il cielo, ma il mostro sembrava fare resistenza, lanciando ululati raggelanti.

Lo sforzo per non staccarsi era sovraumano.

«Jake, io non ce la faccio più!» disse Mike.

«Ne-ne-nemmeno io!» si accodò Jimmy.

«Dovete resistere!» gridò Courtney. «Altrimenti siamo spacciati!»

La tempesta elettrica stava illuminando a giorno l'intera foresta di Wichita Falls. D'improvviso i ragazzi percepirono qualcosa alle spalle, e si resero conto di essere circondati dai bambini d'ombra. Erano lì per sostenerli e dimostrare che stavano dalla loro parte.

«Adesso basta, Rajzam» disse Jake. I suoi occhi erano di nuovo di un viola elettrico, e i capelli bianchi volteggiavano in aria, spazzati dal vento creato dal turbine energetico. «Torna da dove sei venuto!... ORAAA!»

Sollevarono di scatto le mani e l'onda energetica schizzò a razzo verso il cielo, trascinando lo spirito con sé.

53

Di colpo le nubi che fino a quel momento avevano coperto Stonebridge e Wichita Falls si diradarono, e finalmente, dopo giorni e giorni di fitte tenebre, Jake e gli altri riuscirono a vedere di nuovo il cielo sereno e spruzzato di stelle. La maledizione che sembrava essere calata sulla città si era come dissolta. Le aquile e i lupi bianchi erano tornati nella foresta. L'unico segnale tangibile di ciò che era avvenuto era un profondo cratere nel terreno, al centro del quale fumava la Ernie Ball.

I ragazzi erano tutti a terra, esausti, e ancora tremanti per lo sforzo.

Rocket era svenuto davanti a loro. Era tornato il cagnone mansueto di sempre. Mike lo strinse tra le braccia.

Jake fissò Courtney e gli altri e scoppiò a ridere.

Ce l'avevano fatta. Avevano vinto. Avevano sconfitto il Rajzam, insieme.

«Cos'è questa puzza?» chiese Ronnie, storcendo il naso.

«Credo di essere io…» rispose Doug, abbassando lo sguardo.

Quell'affermazione suscitò un'altra ondata di risate. L'avrebbero preso in giro a vita per quella storia, ed erano tutti felici di essere lì per farlo, lui per primo.

Rocket si riprese, e subito si mise a leccare la faccia di Mike.

«Oh, Doug, la tua merda puzza così tanto che ha svegliato anche Rocket!» disse Jimmy, facendo ridere di nuovo tutti.

«Jake... Lo sceriffo!» disse Courtney, indicando Bud Malone, che era accasciato sull'erba a qualche metro da loro.

Jake raccolse la palla da baseball e gli si avvicinò, seguito dai compagni.

Lo sceriffo aveva una brutta ferita e aveva perso molto sangue. Era pallidissimo e tremava.

«Lo puoi guarire?» Courtney era preoccupata.

«Credo di sì» rispose Jake.

«No!» lo bloccò lo sceriffo. «Non voglio che mi salvi, Jake. Mi merito tutto questo... Siete stati in gamba. L'avete sconfitto.»

«Non possiamo lasciarla così, sceriffo. Jake può salvarla, glielo lasci fare» disse Courtney.

L'uomo scosse la testa, trattenendo un gemito. «No, ragazzi. Voi avete vinto, ma se non fosse stato per voi... Quello che ho fatto... No, non voglio essere salvato.»

I sei amici si scambiarono sguardi spaesati.

«Credo di aver capito cosa vuole» disse Mike, posando una mano sulla spalla di Jake.

«Sì, credo anch'io.»

Jake si inginocchiò e mise la Ernie Ball tra le mani

dello sceriffo. Dopo qualche istante la palla si animò, sprigionando la sua luce azzurra.

Il bagliore creò delle ombre. Ombre di bambini che si distribuirono intorno a loro.

Doug e gli altri sussultarono.

«Non abbiate paura» disse lo sceriffo. «Sono qui per me, vero, Jake?»

Lui annuì.

In quel momento una delle sagome scure si staccò dal gruppo e tese una mano allo sceriffo.

Bud Malone sorrise, con le lacrime agli occhi. «Lilith! Tesoro mio… Staremo finalmente insieme, vero? Per sempre?»

I ragazzini videro l'ombra annuire.

Lo sceriffo chiuse gli occhi, e dopo qualche secondo smise di respirare. La sua mano cadde a terra, ma in qualche modo Jake e gli altri videro l'ombra staccarsi dal corpo. Teneva ancora per mano la sagoma della bambina. Alla luce azzurra della Ernie Ball, Jake vide il gruppo di ombre dirigersi tra l'alta erba selvatica e proseguire verso la foresta. L'ombra più alta era quella dello sceriffo che continuava a tenere per mano la sua Lilith.

D'un tratto, una delle ombre si voltò verso Jake e lo salutò con la mano.

«Addio, zio Ben» sussurrò lui.

Poi, la sagoma scura si voltò, e insieme alle altre sparì nella notte non appena la Ernie Ball smise di splendere.

Courtney abbracciò Jake, e alla stretta si unirono tutti gli altri, mentre Rocket scodinzolava tra le loro gambe.

«Non riesco a credere che tutto questo sia accaduto

davvero» disse Doug dopo qualche secondo. «Non è stato un sogno, vero, ragazzi?»

Ronnie gli diede un pizzicotto sulla pancia.

«Ahia! Scemo!»

«È un sogno o no?»

«No, merda. Fa un male cane» rispose Doug.

In lontananza, i ragazzi videro le luci di Stonebridge tornare a illuminare la vallata. L'elettricità era finalmente tornata.

«Jake... i tuoi capelli sono ancora...» mormorò Jimmy.

Il ragazzo si passò una mano tra i capelli color cenere e scrollò le spalle. «È l'ultimo dei miei problemi, mi sa.»

«Puoi sempre dire che te li sei decolorati» disse Courtney, sorridendo.

«E adesso come diavolo ci torniamo a casa?» disse Doug.

«Che ne dici della parola "camminare"?» ribatté Ronnie.

«Ma sono quasi dodici chilometri!»

«Meglio! Così magari butti giù un po' di quella ciccia» lo prese in giro Ronnie.

«Non vedo l'ora di festeggiare al Diner. Triplo cheeseburger con patatine, che dite?»

«Doug, saranno almeno le quattro di notte, come puoi avere fame a quest'ora?!» si scandalizzò Courtney.

«Lui ha sempre fame» osservò Jake.

«Ehi, ragazzi, fermi tutti!» disse Mike bloccandoli. Aveva lo sguardo stralunato di chi si è accorto di una grave minaccia. «Cosa cavolo raccontiamo a casa?»

I sei si scambiarono sguardi eloquenti. Confusi.

Allarmati. Erano appena scampati a un pericolo morta-
le, ma ora li attendeva una sfida ben peggiore: quella dei
loro genitori che sicuramente erano inferociti.

«Be'» disse Mike. «Abbiamo almeno due ore di cam-
minata. Abbiamo tutto il tempo per inventarci qualcosa
di plausibile.»

Si diedero il cinque a vicenda e s'incamminarono
verso casa, con Rocket che trotterellava davanti a loro.
Probabilmente nessuno avrebbe creduto alla loro storia
pazzesca, ma questo non importava. Erano insieme,
più uniti che mai, e davanti a loro avevano una lunga e
splendida estate.

Finito di stampare nel mese di settembre 2022
presso ✿ Grafica Veneta S.p.A.
Via Malcanton 2, Trebaseleghe (PD)